OURO
nos
vinhedos

OURO
nos
vinhedos

HISTÓRIAS ILUSTRADAS DOS VINHEDOS
MAIS IMPORTANTES DO MUNDO

Laura Catena

Catapulta

Introdução
A maturação do ouro
6

Château Lafite Rothschild
**O primeiro
dos primeiros**
11

Solaia
**A vinícola familiar
mais antiga do mundo**
25

Château d'Yquem
**A podridão
nobre**
39

Viña Tondonia
**Antes de tudo,
a tradição**
53

Harlan Estate
**O aventureiro
da Califórnia**
67

Romanée-Conti
**Um vinho patrimônio
da humanidade**
81

Wehlener Sonnenuhr
Um relógio alemão
95

Leflaive Montrachet
A rainha dos vinhos
109

Hill of Grace
**O Velho Mundo
na Austrália**
123

Sorì San Lorenzo
**O Santo Graal
do Piemonte**
139

La Mouline
**Tinto e branco
fazem mágica**
151

Adrianna Vineyard
**O _Grand Cru_
da América do Sul**
165

Biografia
Laura Catena
181

A maturação do ouro

Meu *nonno* italiano costumava me chamar de "la lauchita" porque eu nunca parava quieta, e é por isso que minha bisavó Nicasia, que dificilmente desobedecia à minha mãe, me deixava brincar depois do almoço. Ainda guardo o vestido que ela fez para Dolly, a boneca loira de bochechas rosadas que haviam comprado para mim em Buenos Aires e que me acompanhava aquelas tardes.

Este livro, *Ouro nos vinhedos*, de alguma maneira começou a tomar forma naquelas tardes de Mendoza nas quais Nicasia me ensinou que os adultos podiam e deviam brincar, coisa que nunca deixei de fazer.

Quando criança também fui uma leitora incansável, embora confesse que sempre olhava primeiro os desenhos e as fotos, antecipando a história, porque a vontade de ver as ilustrações tomava conta de mim. Quando entrei na adolescência, e meus livros de adultos já não tinham mais ilustrações, senti uma grande decepção. Com a vinda dos meus filhos, pude voltar a pular as páginas para espiar as ilustrações. Daí surgiu a inspiração para fazer um livro ilustrado como os que eu tanto amava quando era pequena, porém sobre o vinho.

Os grandes vinhos, como os livros clássicos, têm a característica de ser inesquecíveis. Nos anos 1990, decidi dividir minha vida entre a medicina e o vinho porque não consegui resistir ao desafio que meu pai propôs a si mesmo de produzir vinhos capazes de competir com os melhores do mundo. Naquela época, quando ninguém falava do vinho argentino, nossa história se parecia à de dom Quixote de La Mancha. Durante esses anos, tornei-me uma estudiosa dos grandes vinhedos do mundo e compreendi que nos parecíamos mais com um caçador de ouro que, apesar de sua tenacidade e loucura, é guiado apenas pela sorte e pelo acaso.

Os capítulos deste livro estão repletos de paixões, de personagens, das pequenas pedras de um vinhedo que abençoaram uma família com seu ouro. Convido vocês a sonhar, a antecipar o final deste livro por meio de seus desenhos e a apreciar, com uma taça na mão, os pequenos heroísmos da história do vinho e de seus vinhedos.

Laura Catena

Dedico este livro às mulheres de minha família.

À minha bisavó Nicasia,
que me ensinou a brincar e a amar.

À minha avó Angélica,
que infelizmente não conheci,
mas que através de meu pai
me ensinou a admirar
a inteligência nas mulheres.

À minha avó materna, La Acicita,
que me ensinou a amar a poesia e a aventura.

À minha mãe, Elena,
que me deixou (apesar dos medos
de meu pai) viajar sozinha a Paris
aos 14 anos para estudar o idioma
e a história da arte da França.

À minha irmã Adrianna
(doutora em História pela
Universidade de Oxford – que orgulho!),
por me ensinar que a história é a soma
de milhões de relatos pessoais.

À minha filha Nicola,
companheira incansável
de brincadeiras.

**E a minha sogra,
minhas sobrinhas, primas,
tias e cunhadas,**
que me deram tanto amor quando eu,
em minha frenética cruzada quixotesca,
não retribuí como deveria.

Château Lafite Rothschild

O primeiro dos primeiros

O vinho do Rei

"A juventude é o período do possível".
Ambrose Bierce

Louis Pasteur acreditava que havia mais sabedoria no vinho do que em todos os livros do mundo; e o **marechal de Richelieu** estava totalmente convencido de que o vinho guardava o segredo da **juventude eterna**.

Naturalmente, não era qualquer vinho que tinha tais qualidades. Havia apenas um, e era o do Château Lafite.

O marechal de Richelieu ostentava tantos títulos que, enquanto anunciavam sua chegada a Luís XV, rei da França e de Navarra, o monarca teve tempo de estudar o rosto de Richelieu, de 59 anos, e ficou surpreso ao vê-lo tão profundamente rejuvenescido.

Luís XV não demorou a provar o elixir, que imediatamente se tornou o **"vinho oficial" da corte,** substituindo os vinhedos habituais de Borgonha e Champagne. Foi tão bem-sucedido que Madame de Pompadour o servia em cada uma de suas reuniões sociais, e a condessa du Barry, a última favorita do monarca, começou a chamá-lo de **"O VINHO DO REI"**.

★ **Château Lafite Rothschild**

É bastante provável que o **marechal de Richelieu** estivesse certo sobre a eterna juventude <u>**oculta em cada taça**</u> de Château Lafite, porque depois de ter participado de inúmeros duelos e famosas aventuras amorosas por toda a Europa, depois de ter lutado com reconhecida bravura em sangrentas batalhas e apesar de ter sido condenado à prisão, Richelieu, marechal da França, manteve sua **força**, **lucidez** e **vigor** até os 92 anos.

Alguma marca deve ter deixado o **abade Gombaud de Lafite** naquelas terras em 1234, de modo que quase mil anos depois ainda falamos dele através de suas vinhas.

É no **século XVII** que a reputação vitivinícola do local começa a se **expandir** pelas mãos de Jacques de Ségur, responsável pelos vinhedos que hoje conhecemos como Château Lafite.

É a **aristocracia de Londres** que reconhece a qualidade de seus vinhos e começa a pagar muito mais pelo vinho Ségur do que pelos demais vinhos de Bordeaux.

Nicolas Alexandre de Ségur, neto de Jacques, é quem herda os vinhedos de Lafite. Sua convicção de aumentar a propriedade de seu avô é tão forte que em pouco tempo ele consegue dobrar a área do vinhedo, melhorar as técnicas usadas até então e promover sua marca tanto no exterior... como na corte do rei!

Esses fatos foram os que deram origem à **reputação** de Nicolas Alexandre como "príncipe das vinhas", e de seu **rouge** como "o vinho dos reis".

Dos quatro vinhos classificados como Premier Grand Cru Classés (na classificação oficial do vinho de Bordeaux de 1855), o Lafite foi considerado o primeiro dos primeiros.

Em 8 de agosto de 1868, a história do Château Lafite mudaria para sempre. O **barão James de Rothschild**, vindo de uma renomada família de banqueiros, adquire a propriedade e muda a história do vinhedo para sempre, transformando o histórico rótulo em **"CHÂTEAU LAFITE ROTHSCHILD"**.

No entanto, as complicações da Primeira Guerra Mundial e a crise financeira dos anos 1930 **atingem** tanto a região que muitos vinhedos são obrigados a reduzir não apenas os custos, mas também a área cultivada. Os Rothschild, por sua vez, decidem concentrar o esforço em apenas 55 hectares de vinhas.

Anos mais tarde, durante a Segunda Guerra Mundial, o Château é utilizado como base de comunicações do exército do Terceiro Reich. E todas as propriedades dos Rothschild, assim como as de todas as famílias judias, são **confiscadas**.

Após enormes esforços diplomáticos, o governo francês de Vichy consegue recuperar a propriedade em 1942 y a coloca nas mãos dos herdeiros Alain e Elie, que nessa época eram prisioneiros de guerra. Graças à Convenção de Genebra, seus bens ficaram protegidos.

O barão James de Rothschild

> **"Todo refinamento é cultural. Tanto o prazer de produzir bons vinhos como o prazer de construir. E aqui, com esta adega e com Ricardo Bofill, senti um prazer imensurável".**
>
> *Barón Eric de Rothschild*

Assim, muitas das garrafas mais valiosas que estavam numa adega no *subsolo*, algumas inclusive do século XVIII, puderam **sobreviver** até o fim da guerra.

Em 1974, **Eric de Rothschild** assume o comando do Château Lafite Rothschild, dando-lhe novos ares e um forte impulso ao incorporar uma nova equipe técnica de vanguarda. Nessa mesma época, constrói a famosa e revolucionária **cava circular,** projetada em conjunto com o arquiteto catalão Ricardo Bofill, capaz de armazenar até 2200 barris.

Amante da **arte** e da fotografia, Eric de Rothschild convida fotógrafos renomados e influentes ao Château, como Jacques Henri Lartigue, Irving Penn, Robert Doisneau e Richard Avedon, para que suas imagens fiquem para sempre associadas ao vinhedo.

Elegância e equilíbrio

Os lotes de terra, compostos de <u>cascalho</u> e <u>argila</u> que estão sobre um leito de <u>pedra calcária</u>, contam com uma boa exposição e excelente drenagem.

São cultivados **112 hectares** com uma média de 9500 videiras em cada um. Cerca de **16.000 caixas** são produzidas em cada safra.

Durante a colheita, não são extraídas todas as uvas em alto grau de amadurecimento. O que se busca é um EQUILÍBRIO entre diferentes níveis de maturação, para obter texturas únicas, um frescor notável e uma variedade aromática de complexidade inigualável.

Envelhecimento: 18 a 20 meses.

Tipo de barril: carvalho francês 100% novo.

Durante a **colheita**, são contratadas até **450 PESSOAS**, que são responsáveis por colher todas as uvas em apenas dez dias.

Para Eric Kohler, diretor técnico do Château Lafite Rothschild, o **capital humano** é a chave para o cuidado de cada vinha e cada lote, além da precisão do momento ideal para a colheita.

★ 20

Uma garrafa da
SAFRA 1787
tornou-se
A MAIS CARA DA HISTÓRIA
AO SER VENDIDA POR
160.000
DÓLARES.

O Château foi
IMORTALIZADO
por meio de
fotografias
dos mais
prestigiados fotógrafos
do mundo,
incluindo
RICHARD AVEDON.

Desde o siglo XVII,
apenas 3
FAMÍLIAS
foram PROPRIETÁRIAS
do Château:
A FAMÍLIA *Ségur,*
A FAMÍLIA
Vanlerberghe
E A FAMÍLIA
Rothschild.

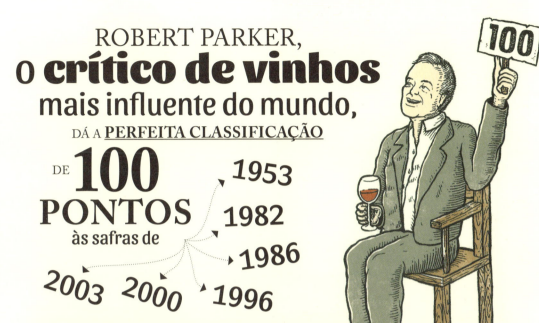

DO TERROIR PARA A GARRAFA

O vinhedo está localizado em Pauillac, Bordeaux.

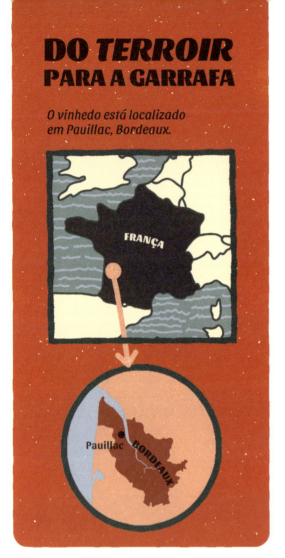

Vinhas velhas

A idade média dos vinhedos é de 39 anos, embora seja necessário especificar que as videiras com menos de 10 anos não são consideradas para o Grand Vin, o que aumenta a idade das parreiras que produzem o Grand Vin cerca de 45 anos.

{ O lote mais antigo, chamado La Gravière, foi plantado em 1886. }

Variedades do *blend*

5-20 % MERLOT

80-95 % CABERNET SAUVIGNON

0-5 % CABERNET FRANC E PETIT VERDOT

O vinhedo abrange três áreas principais: as encostas que rodeiam o château, o planalto de Carruades, localizado imediatamente a oeste, e um lote de terreno de 4,5 hectares na comuna vizinha de Saint Estèphe.

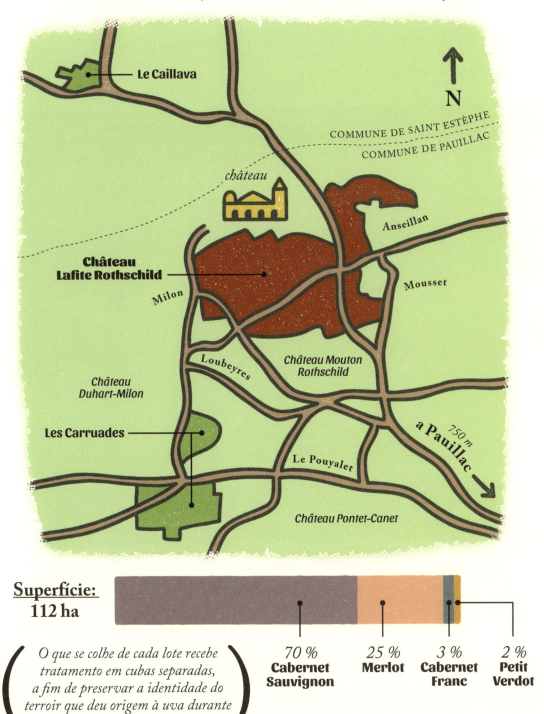

Solaia

A vinícola familiar mais antiga do mundo

Paixões toscanas

*"O vinho é o que me inspira,
o vinho selvagem que ativa melodias
na garganta do homem mais sábio
até que seus pulmões arrebentem;
esse vinho que o faz rir como um louco
– e que incita muitos a dançar –,
e que desperta a tentação nesse mesmo
homem a revelar histórias que talvez
nunca deveriam ter sido contadas..."*
Odisseia, *Homero*

Na Toscana, conta-se que **as raízes** da família Antinori, a linhagem italiana de produtores de vinho mais famosa do mundo, **estão em Troia, mais de mil anos antes do aparecimento de Cristo.** Conta-se também que Antenor era um sábio conselheiro da corte troiana do rei Príamo, que se opunha à guerra contra os invasores gregos.

Virgílio acrescenta que Antenor sobreviveu à queda da cidade fugindo para a Itália, onde fundou a cidade de Pádua.

Se isso for certo, **Antenor** começou, sem nem sequer imaginar, a mais extraordinária saga de uma família que produziu 600 anos de delicados aromas e sabores memoráveis e que se viu envolvida em guerras, invenções, paixões, conquistas, além de propiciar surpreendentes descobertas... até mesmo uma boa quantidade de grandes e pequenos milagres. Ou, como chamam na Europa, o Renascimento ...

Os documentos confirmam que Rinuccio de Antinori já produzia vinho em **Castello di Combiate**, ao norte de Florença, em **1183**. Quando o castelo foi cercado e destruído, pouco tempo depois, a família deixou o campo e se mudou para a cidade. Florença era, talvez, o centro mais importante do mundo, e Antinori se tornaria membro da **ARTE DELLA SETA**, a organização de **PRODUTORES DE SEDA** que foi fundamental para a economia da região.

Os Antinori se tornam **grandes empreendedores:** se envolvem cada vez mais na **produção de seda**, interessam-se pela **atividade bancária** e começam a participar da **política**, porém sem abandonar sua ocupação prioritária, que é a exploração dos **vinhedos**.

Mais tarde, eles se juntam à Sociedade dos Produtores de Vinho de Florença e, de alguma forma, seu destino começa a vincular-se à poderosíssima família Médici.

Com a descoberta da América, **o Renascimento** transformaria a realidade europeia para sempre. E o centro dessa transformação estava se desenvolvendo dia a dia em Florença. Naquela época, os Antinori produziam 40 barris de um vinho que era **APRECIADO** por importantes famílias florentinas. O vinho provinha de Galluzzo, propriedade que possuíam ao sul da cidade, e eles mesmos se encarregavam de transportá-lo e vendê-lo.

Em 1506, o **sucesso** das empresas familiares permite a Niccolo Antinori adquirir um **PALÁCIO** ao lado da catedral de Florença e em frente à igreja de San Giácomo.

O Palácio Antinori

A obra Bacco, do italiano Caravaggio, foi pintada por volta de 1595. Atualmente, ela se encontra na Galeria dos Ofícios, em Florença, na Itália.

Esse edifício, conhecido desde então como **Palácio Antinori**, tornou-se o **CORAÇÃO** das empresas da família.

O **PRESTÍGIO** da marca Antinori não deixa de crescer. O poeta Francesco Redi, crítico pessoal de vinhos dos Médici, elogiou os vinhos Antinori no poema **Bacco na Toscana**. No entanto, não serão os avanços e reconhecimentos da família Antinori que vão impactar a nobreza de Florença, mas um tipo de história bem diferente.

Em 1571, Pedro de Médici casa-se com Leonor de Toledo, uma belíssima jovem de 18 anos, simpática, generosa e apreciada por todos que tiveram a oportunidade de conhecê-la durante sua breve vida.

Desde a infância, Pedro preocupou seus pais, mostrando um espírito **sombrio e cruel** que ele manteve durante a vida adulta. Era ríspido, extremamente violento e esbanjava sua fortuna em apostas e mulheres.

Leonor, arrasada pela certeza de um futuro desastroso com o marido, aproximou-se de **Bernardino Antinori**, jovem herói da batalha de Lepanto, membro da Ordem de Santo Estevão e herdeiro da família famosa pelos seus vinhedos.

"Todas as minhas filhas têm os dois ingredientes essenciais para produzir vinho: o cérebro e a paixão".

Piero Antinori

Quando Pedro ouviu rumores da existência desse vínculo, descobriu as **cartas de amor** e os poemas comoventes escritos por Bernardino. Ele não hesitou nem por um momento em executar sua vingança. Soube-se mais tarde que, enquanto a acusava de adultério, **PEDRO A ASSASSINOU A SANGUE FRIO**, estrangulando-a com uma coleira de cachorro. Leonor tinha 23 anos...

Bernardino foi preso pouco tempo depois e assassinado em sua própria cela.

Dois séculos depois, a atividade vitivinícola na Toscana alcança seu auge, e os Antinori começam a exportar seus vinhos quando o Reino Unido passa a se interessar por eles. Em 1850, os Antinori adquirem 47 hectares em Tignanello para produzir um vinho que rapidamente se tornaria uma **lenda mundial**.

Depois de **26 GERAÇÕES**, o **marquês Piero Antinori** é quem administra esta emblemática companhia, que hoje cruza as fronteiras da Toscana, apoiado por suas três filhas: **Albiera, Alegra e Alessia,** a primeira geração inteiramente composta por mulheres que tomará as rédeas desse vinhedo cujo misticismo começou, talvez, há mais de três mil anos, com uma guerra, um engenhoso cavalo de madeira, um longo exílio e um punhado de uvas toscanas brilhantes.

Vinte e seis gerações

"Nessas colinas altas de Antinori...
um mosto tão puro que no copo salta e brilha".
Francesco Redi, poeta do século XVII,
elogiou os vinhos de Antinori

20 hectares localizados **no coração do Chianti Classico**.

Numa encosta de **400 metros** de altitude, entre as mais altas da região.

Solo rochoso, marga marinha rica em **CALCÁRIO** e **PEDRAS CALCÁRIAS** dos períodos geológicos Eoceno e Mioceno

Sobre o Solaia de 1997, Robert Parker Jr. disse:
"Se um Premier Cru de Pauillac fosse feito na Toscana... seria este!".

1184
Rinuccio di Antinori
começa a produzir vinho
fora de Florença

1385
GIOVANNI DI PIERO ANTINORI
junta-se à **associação de vinicultores** de Florença

1506
Niccolo Antinori
**ADQUIRE O
Palácio Antinori**

1510
O vinho é vendido nas
janelas
do palácio
para as famílias aristocráticas

História da família
ANTINORI
{26 GERAÇÕES}

1943
VILLA ANTINORI
**é bombardeada
durante a guerra,**
*mas a família consegue esconder
alguns barris de vinho*

1970
Primeira safra
de Tignanello,
**O FAMOSO
SUPERTOSCANO,**
BASEADO EM SANGIOVESE
misturado com variedades de Bordeaux

1978
**Primeira safra
de Solaia,
um supertoscano**
baseado principalmente em
Cabernet Sauvignon

1986
Piero Antinori
É NOMEADO
**"Decanter Man
of the Year"**

2000
Solaia 1997
1997 é eleito pela Wine Spectator
O VINHO N.º 1
entre os 100 melhores vinhos do mundo

DO TERROIR PARA A GARRAFA

O vinhedo está localizado próximo à Florença, na região de Chianti Classico, na Toscana.

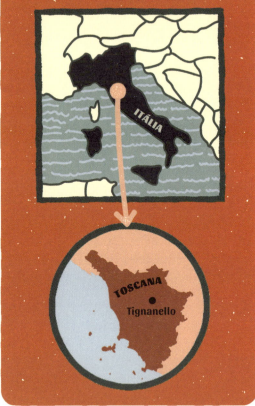

O vinhedo Tignanello
(altitude: 320–400 m acima do nível do mar)

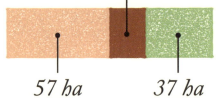

20 ha VINO SOLAIA

57 ha VINO TIGNANELLO

37 ha OLIVAIS *para o óleo da casa*

Variedades do *blend*

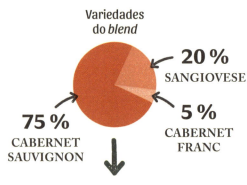

20 % SANGIOVESE

5 % CABERNET FRANC

75 % CABERNET SAUVIGNON

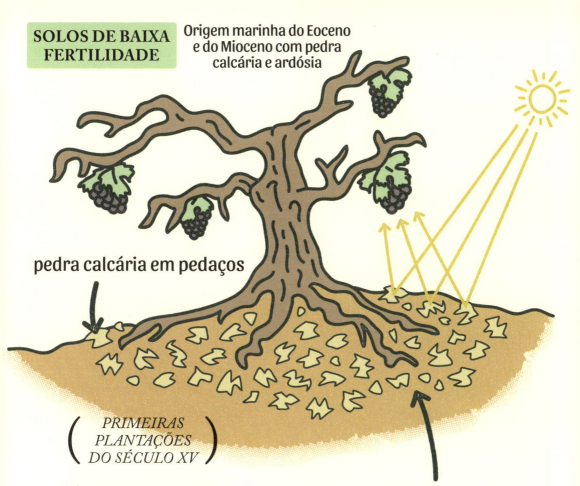

SOLOS DE BAIXA FERTILIDADE

Origem marinha do Eoceno e do Mioceno com pedra calcária e ardósia

pedra calcária em pedaços

PRIMEIRAS PLANTAÇÕES DO SÉCULO XV

TÉCNICA ANTINORI
para obter taninos suaves na Sangiovese
(que eles denominam uva "nervosa")

→ Tritura-se a pedra calcária e a distribui em torno de cada tronco de videira para que reflita o sol sobre as uvas e suavize os taninos.

O que é um supertoscano?

Uma nova categoria de vinhos toscanos que teve origem em 1970, ao misturar-se Sangiovese e variedades de Bordeaux, como Cabernet Sauvignon e Merlot.

{ *Outros supertoscanos famosos são: Tignanello (também de Antinori), Sassicaia, Masseto, Ornellaia e Redigaffi.* }

Château d'Yquem

A podridão nobre

Na penumbra, descalça e trêmula, com as mãos apertadas contra o peito, Françoise Josephine de Sauvage d'Yquem fechou os olhos e imaginou seu vinhedo em todo o seu esplendor.

O vinho do presidente Washington

"Para mim, o vinho é uma necessidade na vida".
Thomas Jefferson

Quando **Josephine**, com apenas 23 anos de idade, foi jogada em uma cela úmida e escura, em 1793, apenas por ser uma aristocrata francesa, teve a terrível certeza de que só sairia dali para enfrentar a **guilhotina**.

Agarrou-se à imagem de esplendor que a transportava para o paraíso íntimo de sua infância, onde seus pais, sua terra e o delicado perfume de seus vinhedos se transformavam em um suave manto de sossego, que poderia envolvê-la para sempre.

Naquele frio inverno de 1789, a **Revolução Francesa** havia perdido o rumo e estava fora de controle. Apenas em Paris, durante os dois anos seguintes, quase **3000 seres humanos** foram guilhotinados, incluindo os donos de Margaux e Château Lafite, o rei Luís XVI, a rainha Maria Antonieta e o próprio Robespierre, líder transcendental da Revolução.

★ Château Yquem

Imagem de Napoleão III, que classificou, em 1855, o Château d'Yquem como o único Premier Cru Supérieur da história.

Como poderia uma jovem como ela, órfã desde os 17 anos e viúva há tão pouco tempo, imaginar que se salvaria? Ela estava sozinha, vulnerável e condenada sem nenhum julgamento.

Apesar disso, Françoise Josephine de Sauvage d'Yquem **morreu 60 anos depois**, após fazer sua marca e seus vinhedos prosperarem como nunca, demonstrando um talento extraordinário na administração dos seus bens e uma rara capacidade de inovação para a época em que viveu.

Três anos depois de sua morte, quase como um reconhecimento póstumo à obra de Josephine, a Classificação Oficial dos Vinhos de Bordeaux, que ocorreu pela primeira vez no âmbito da Exposição Universal de 1855, a pedido do imperador Napoleão III, classificou o Château d'Yquem, como **o único Premier Cru Supérieur da história.**

Durante o século XIX, os descendentes de Josephine continuaram seu extraordinário trabalho na propriedade e o vinhedo continuou crescendo até se tornar um dos mais prestigiados do mundo.

Pouco tempo depois de ter se casado com Josephine, o jovem Louis-Amédée de Lur-Saluces, afilhado de Luís XV e Victoria da França, cai de um cavalo e morre na hora.

Quando um representante da LVMH foi a Yquem depois de Arnault ter comprado uma parte de suas ações,

Alexandre lhe disse:
"Yquem não está à venda".

Em 1968, os irmãos Eugène e Alexandre de Lur-Saluces herdam parte da propriedade da Dama d'Yquem. Alexandre, por ser o mais jovem, recebe apenas 1%.

No entanto, ele se conforma e administra parte da propriedade com enorme talento, enfrentando colheitas desastrosas e terríveis conflitos financeiros.

Em 1980, com a marca mais uma vez fortalecida, Alexandre decide reinvestir todos os lucros e se recusa a distribuir os dividendos com Eugène e o restante da **família**. Isso desencadeia um conflito de interesses, e os membros da família procuram um comprador para a valiosíssima propriedade.

Nessa ocasião, **Bernard Arnault**, o mais importante empresário de marcas de luxo do mundo, proprietário do grupo LVMH (Christian Dior, Givenchi, Louis Vuitton, Hennesy, Moet et Chandon, Veuve Cliquot e Bulgari, entre muitas outras marcas), vê uma oportunidade única, quase inimaginável, verdadeiramente histórica, e faz uma oferta para adquirir o Château e seus vinhedos.

Alexandre de Lur-Saluces se recusava a vender a vinícola

As diferenças entre os herdeiros de Josephine crescem. Diz a lenda que durante a disputa, Alexandre, furioso, gastou milhares de dólares em psicanalistas e advogados.

A batalha entre ele e Bernard Arnault, vista pelos franceses como uma versão contemporânea de **David e Golias**, provoca fascínio em toda a França, e o drama familiar passa a estampar diariamente as primeiras páginas dos jornais.

Em 1999, depois de anos de disputas legais que parecem intermináveis, o Conde Alexandre de Lur-Saluces <u>finalmente cede e vende parte de suas ações para o inimigo</u> em troca de continuar como administrador. Como parte do acordo, impõe a condição de que seus familiares sejam proibidos de entrar na propriedade a partir desse momento.

Em abril do mesmo ano, depois de uma luta implacável que chegou à beira da loucura, **Bernard e Alexandre finalmente brindam... com uma taça de Château d'Yquem de 1899!**

A administração de Alexandre reina sobre os vinhedos até sua partida, em 2004.

Em 2011, uma garrafa de Château d'Yquem 1811 foi vendida no hotel Ritz por

US$ 117.000

tornando-se <u>a garrafa de vinho branco mais cara da história.</u>

Produção média:
120.000
GARRAFAS
DE GRAND VIN

1 taça por videira

(para a maioria dos vinhos top seria 1 garrafa por videira)

No ano de 2006,
Dior y Chateau d'Yquem
lançaram um
produto de beleza
à base de
seiva
das vinhas.

Uma primeira pequena
fortaleza
existe ali,
no vale do rio Ciron,
desde
o século

XII

NA DÉCADA DE 1980,
um astronauta francês,
AMANTE DOS GRANDES VINHOS,
levou o **Château d'Yquem**
para o **espaço.**

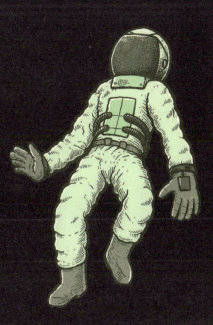

O teor de **álcool** é de cerca de **13,5 %** e o **açúcar** cerca de **125g/l**

(MESMA PROPORÇÃO DE AÇÚCAR QUE A COCA-COLA)

Fascinado por uma degustação, **Thomas Jefferson** pagou uma fortuna por **30 dúzias de garrafas** para sua adega e a de **George Washington.**

Com mãos de mulher

"Aqui o 'sherif' é chamado Yquem,
o 'rio Bravo', rio Ciron,
e o 'ouro'... Sauternes".
John Wayne

O Château d'Yquem está localizado na região de **Sauternes**, cerca de 40 quilômetros a sudeste da cidade de Bordeaux. Como está próxima ao mar, possui um clima oceânico temperado. Ali, durante a manhã, o nevoeiro invade os bosques de pinheiros e, à tarde, como um contraponto climático, chegam os ventos quentes.

Esses fatores são essenciais para a rica composição dos solos, quentes e secos, graças à areia das camadas superiores e à umidade das camadas mais profundas onde a argila predomina.

Essa combinação de solo e clima permite o crescimento do fungo *Botrytis cinerea*, que se apresenta todos os anos como a chave fundamental para a concepção de cada colheita.

Esse fungo consome até **50% da água das uvas**, aumentando assim a concentração de açúcar e diminuindo o nível de acidez. Tudo isso acontece sem que o grão se quebre, em um processo natural chamado **PODRIDÃO NOBRE.**

O resultado desta *podridão nobre* é um vinho deslumbrante, extremamente sofisticado e complexo. Mas se no último estágio de maturação o fungo se reproduz com uma alta taxa de umidade, transforma-se em um processo **letal** chamado **PODRIDÃO CINZENTA**. As consequências para as uvas são devastadoras e a colheita é suspensa: **nesse ano não haverá um Château d'Yquem!**

São exclusivamente as mãos delicadas das especialistas, todos elas mulheres, que fazem as amarras de vime nas videiras, com o objetivo de obter apenas 10 cachos de uva por planta. São elas que estão no comando de cada lote e as responsáveis pela seleção das milagrosas uvas "nobres".

DO TERROIR PARA A GARRAFA

O vinhedo está localizado próximo ao rio Ciron, em Sauternes, na região de Bordeaux

25 colhedoras mulheres, cada uma especialista em um lote, escolhem as uvas com podridão nobre e descartam as uvas com podridão cinzenta.

As mulheres colhem 6 vezes ao longo de um mês.

(*As mulheres são escolhidas por terem mãos pequenas e por serem detalhistas*)

Variedades do blend

80 % SÉMILLON — **20 %** SAUVIGNON BLANC

MEL · DAMASCOS · DOCE · MARROM COM O TEMPO · NÉCTAR · FIGOS

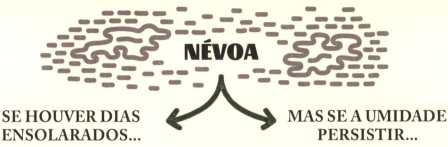

NÉVOA

SE HOUVER DIAS ENSOLARADOS...

MAS SE A UMIDADE PERSISTIR...

O fungo é gerado com a umidade da névoa noturna, mas os dias ensolarados são essenciais para secar as uvas e parar a podridão excessiva (que é prejudicial).

{ FUNGO *BOTRYTIS CINEREA* }

Se chover ou as uvas não estiverem saudáveis ou maduras, surge a PODRIDÃO CINZENTA que dá um gosto horrível às frutas. Nesse ano, o vinho Château d'Yquem não é produzido.

Esta é a podridão nobre *(pourriture noble)*

Podridão cinzenta + prejudicial

As uvas parecem podres, MAS produzem o vinho branco mais cobiçado, que pode durar mais de 100 anos.

(*O fungo gera furinhos nos cachos, por onde a umidade escapa.*)

A desidratação produz um aumento de açúcares e compostos que agregam complexidade e longevidade ao vinho.

Uvas desidratadas e cobertas de fungos que se assemelham a **cinzas (cinerea)**.

O sabor da história

"A possibilidade de encontrar poderes profundos dentro de nós mesmos só acontece quando a vida parece mais desafiadora".
Joseph Campbell

Numa manhã gelada de 1870, num porto chileno, dois meninos dão as mãos para embarcar rumo à Europa.

Um deles tem 14 anos e outro, 12. Eles estão sozinhos pela primeira vez, e suas mãos tremem: nenhum familiar irá acompanhá-los durante a viagem de travessia do oceano por mais de dois longos meses.

Quando dão o primeiro passo no convés, os meninos imediatamente se viram ansiosos para se apoiar no parapeito, procurando uma última imagem do rosto de seus pais entre a multidão reunida no porto.

"Eles atravessaram o Atlântico sozinhos

–conta a bisneta María José López de Heredia, herdeira da vinícola mais prestigiada na Espanha – e guardamos as preciosas cartas que mandaram para a mãe deles, nas quais contavam como havia sido a viagem de navio. Eram cartas de dois meninos com a maturidade de uma pessoa de quarenta anos, e não de duas crianças da idade deles".

Soldado carlista

Seus pais os haviam enviado a Orduña, no País Basco, para estudar numa escola jesuíta. Apenas dois anos depois, ocorreria a **Terceira Guerra Carlista**, uma guerra civil que deixou dezenas de milhares de vítimas e que seria mais intensa em Navarra, na Catalunha ... e nas províncias bascas.

Os dois meninos conseguiram escapar da escola porque "viviam com extrema intensidade o 'espírito carlista'".

No entanto, pouco tempo depois, eles **FORAM PRESOS E DEPORTADOS** para a França.

"Sem mais céu do que as estrelas, sem mais consolo que o de Deus, nosso Senhor, eles nos fizeram andar dias e noites até cruzarmos a fronteira", escreveu Rafael López de Heredia y Landeta, de 16 anos, à sua mãe. O mesmo adolescente que um dia fundaria a mítica vinícola **Viña Tondonia**, na margem direita do rio Ebro.

A bisneta de Rafael conta que ele decidiu, então, estudar Comércio Internacional na França, com o dinheiro que seus pais lhe enviavam do **CHILE**. E lá ele tirou notas muito boas...

Soldado isabelino

Tanto é assim que, poucos meses depois, perto de Bayonne, passou a fazer a contabilidade de uma empresa que comercializava vinhos. Quando foram surpreendidos pela falência e os proprietários escaparam para evitar as dívidas, dom Rafael viu uma **oportunidade** e decidiu ficar para administrar a empresa como se fosse sua.

Dois dos credores moravam em Haro, em La Rioja Alta, o bairro que conta hoje, talvez como Jerez e o Porto, com a mais densa **concentração de vinícolas** do mundo.

Dom Rafael foi até lá e os credores lhe propuseram que trabalhasse com eles imediatamente. Quis então o destino que aquele menino que havia cruzado o Atlântico de mãos dadas com seu irmão mais novo nunca mais voltasse ao Chile.

As **VINÍCOLAS RIOJANAS** tinham começado a se multiplicar em 1863, como resultado da destruição que a praga da filoxera causou primeiro nos vinhedos da Borgonha, logo nos vinhedos de Bordeaux e, finalmente, em toda a França (a catástrofe foi tão grave que foram necessários 30 anos para superar a crise). Começou então a chamada **ERA DE OURO** dos vinhedos riojanos que, entre 1877 e 1890, passariam a produzir de 2 milhões e meio a quase 10 milhões de hectolitros de vinho.

★ Viña Tondonia

Em La Rioja, muitos vinhedos floresceram após a praga da filoxera atacar as videiras na França.

Dom Rafael entendeu que ele estava mais uma vez diante de uma grande oportunidade, e começou a procurar o lugar ideal para suas vinhas, até que um dia chegou às terras de Tondonia.

Há um bom tempo muitos produtores de vinhos alsacianos haviam se mudado para essa região, à procura de **vinhedos que pudessem substituir as famosas vinícolas francesas**. E seriam eles quem ensinariam dom Rafael a fazer um bom vinho. Eles e as grandes marcas francesas, que além de tudo o aconselhariam a comprar as melhores vinhas.

A vinícola Viña Tondonia **foi fundada em 1877**, e em pouco tempo se tornaria uma verdadeira lenda.

Quase dez anos depois, quando então se construía uma casa no meio da propriedade, dom Rafael mandou erguer também **um mirante de estilo inglês** mais alto que todas as demais construções.

Todos pensaram que seu objetivo era mostrar ao mundo o enorme cartaz onde se podia ler "Viña Tondonia". No entanto, o que ele realmente queria era ter um lugar onde pudesse observar, do alto, toda a propriedade e cada um dos vinhedos que possuía.

"Em Rioja, dizem que 1964 é a safra do século. Eu prefiro chamar de safra milagrosa, pois parece não envelhecer com o tempo".

María José López de Heredia

Muitas coisas aconteceram longe daquele porto latino-americano e desde aquela manhã, quando sentiu **a mão trêmula de seu irmão mais novo**, pouco antes de embarcar no navio.

Hoje, depois da chegada de catorze filhos e centenas de sobrinhos, netos e bisnetos, a herança se tornou algo muito mais importante do que um vinhedo, porque o legado se transformou em um verdadeiro mito de sobrevivência, persistência e estratégia.

Sua bisneta María José afirma que **"APENAS OS CLÁSSICOS PERDURAM NO TEMPO"** e, com seus irmãos, continua com uma filosofia e uma técnica de procedimentos artesanais que já somam mais de 140 anos. Por essa razão, ainda hoje se utiliza o cultivo tradicional da vinha "em vaso", e não "em espaldeira", como a maioria dos vinhedos de La Rioja, que se apoiam em uma treliça de arame sustentada por estacas. María José sabe disso: "Nós contratamos um antropólogo durante 10 anos apenas para colocar em ordem os arquivos da família". Só a correspondência ocupa uma quantidade imensa de volumes de 500 páginas cada um. Vou ler tudo, embora não me dê tempo de ler Ulisses, de Joyce".

A história de LA RIOJA como **grande produtora de vinhos** *começa no* **século XIX,** *quando alguns proprietários saíram de Bordeaux em busca de* **novas terras de cultivo depois da praga da filoxera** *que havia destruído uma* **quantidade enorme** *de vinhedos franceses.*

As videiras cultivadas **em espaldeira** são guiadas verticalmente, *apoiadas em uma treliça de arame* **sustentada por estacas.**

As cavas ESTÃO LOCALIZADAS **a 15 metros abaixo do solo,** o que ajuda a manter **a temperatura a 12o C** sem necessidade de refrigeração elétrica.

As videiras cultivadas **em vaso,** desprovidas desse suporte artificial, *precisam de um cuidado mais intenso, além de atenção constante,* **porque desenvolvem menos folhas** *e estas ficam muito mais* **expostas ao sol.** Então, além de proteger o solo em torno do tronco e dos ramos, PROTEGEM OS CACHOS de desidratação excessiva.

Enquanto a maturação de um **RIOJA GRAN RESERVA** é de, no mínimo, **6** anos, **um Viña Tondonia** *é envelhecido em barris* **entre 10 e 20 anos** *antes de ser comercializado.*

Videiras cultivadas em vaso

DO TERROIR PARA A GARRAFA

O vinhedo está localizado próximo a Haro, na região de La Rioja, Espanha.

Variedades do blend

- 75 % TEMPRANILLO
- 5 % MAZUELO
- 15 % GARNACHA
- 5 % GRACIANO

O rio Ebro

Em suas imediações vivem muitos animais, entre eles patos selvagens, cegonhas europeias, garças, perdizes, raposas, coelhos e javalis que circulam pelo vinhedo.

TONDONIA VEM DO LATIM E QUER DIZER "REDONDO"
em referência à curva que o rio Ebro faz em torno do vinhedo.

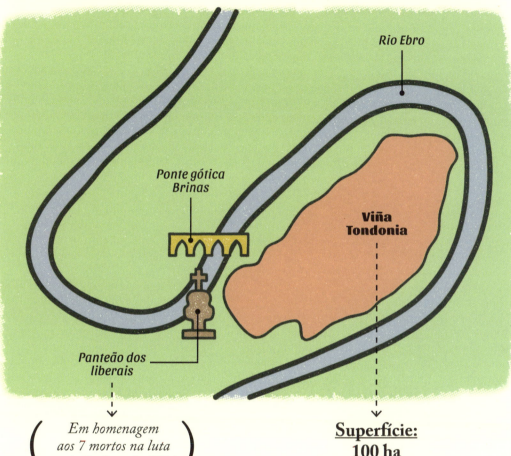

(*Em homenagem aos 7 mortos na luta anti-Carlista de 1834.*)

**Superfície:
100 ha**

(altitude: 438-489 m acima do nível do mar)

Lotes de 100 m2 e vinhas em vaso ao estilo das primeiras plantações.

Vinhas em vaso

Sem suporte de arames

É um estilo muito tradicional, já que a maioria dos vinhedos do mundo utiliza sistema com arames e espaldeira vertical.

PRIMEIRAS PLANTAÇÕES EM 1913

SOLOS DE ORIGEM ALUVIAL
ARGILA SOBRE CALCÁRIO

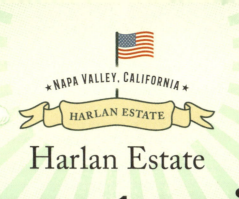

Harlan Estate

O aventureiro da Califórnia

Bill Harlan, dono de um espírito aventureiro, decidiu viajar pela África de motocicleta. Logo se tornaria proprietário de um dos vinhedos mais importantes dos Estados Unidos.

Uma história do futuro

"É normal que uma pessoa encontre seu destino no caminho que tomou para evitá-lo".
Jean de La Fontaine

O que de fato busca um homem que atravessa a **ÁFRICA** em uma motocicleta, estuda Comunicação e Ciência Política na Califórnia, joga **pôquer** para ganhar a vida – enquanto vive em um hotel-casino – e aprende a pilotar **aviões** antes de começar a vendê-los?

A resposta pode parecer incompreensível: uma terra, o próprio vinhedo e **200 anos de grandes safras** de um dos melhores aromas do mundo.

Para entender esse mistério, devemos primeiro saber que muito antes de embarcar em suas aventuras, Bill Harlan já havia sentido um verdadeiro amor pelos pomares e jardins de sua infância. E aquele menino, **filho de um açougueiro e uma dona de casa,** sentiu todo o prazer possível do mundo <u>ao atravessar vinhedos em sua bicicleta</u>, sem jamais suspeitar que durante aquelas tardes sem fim estava atravessando também o que seria a própria essência de seu futuro, à qual voltaria depois de distanciar-se de seus antípodas, como se sua vida tivesse sempre orbitado, misteriosamente, em torno dessas uvas quase esquecidas e daquelas tardes de sua infância.

NEW YORK CITY DEPUTY POLICE COMMISSIONER JOHN A. LEACH (RIGHT) WATCHING AGENTS POUR LIQUOR INTO SEWER FOLLOWING A RAID.

Entre os últimos anos da década de 1950 e os primeiros da década de 1960, todos os curiosos que começaram a se aproximar da área do **VALE DO NAPA**, onde se localizavam os poucos vinhedos que haviam sobrevivido à **proibição de álcool dos anos 1920**, descobriram, ao mesmo tempo, pequenas cidades semiadormecidas no tempo e uma paisagem tão surpreendente que, inevitavelmente, essa se tornaria uma terra prometida para alguém que, como **WILLIAM HARLAN**, procurava um continente fértil para seu futuro.

A fundação do **Vinhedo Mondavi**, em 1966, foi o primeiro passo rumo ao objetivo de produzir vinhos nos Estados Unidos que atingissem a **qualidade** dos célebres vinhedos de Bordeaux e do resto da Europa.

Harlan ficou deslumbrado com esse fato e tomou nota do evento. No entanto, ele teve que ficar longe do vale por um longo tempo para entender que seu futuro no Vale do Napa era inevitável.

36 DRY RAIDS START CITY-WIDE ROUND-UP

100 Federal Agents Open Drive on Speakeasies Listed In Street-by-Street Census.

A chamada lei seca vigorou nos Estados Unidos entre 1920 e 1933, e proibia a venda, importação, exportação, fabricação e o transporte de bebidas alcoólicas

Depois de andar quase o mundo todo, ele descobriu, entre outras coisas, seu talento para os negócios: foi **cofundador da Pacific Union,** uma das empresas mais importantes do setor imobiliário da Costa Oeste dos Estados Unidos, com **lucros milionários**.

Esse <u>empreendimento</u> tornou possível tudo o que o esperava.

E o que o esperava ... era uma vida de agricultor!

Obviamente, competir com os vinhedos franceses era um **sonho impossível**. Era impensável que um distribuidor de vinho em qualquer lugar do mundo preferisse um Cabernet de Vale do Napa ao de uma vinícola de Bordeaux, simplesmente porque era uma insensatez imaginar a possibilidade de educar um paladar, já acostumado às sutilezas dos vinhedos europeus, e transportá-lo para os novos aromas daquele **VALE DA COSTA OESTE**.

"O presente mais importante que recebi em toda a minha vida foi um convite de Robert Mondavi para visitar os vinhedos de Bordeaux e da Borgonha, em 1980.

Essa experiência me ofereceu uma visão muito diferente do tempo... aquelas propriedades francesas se mantinham ao longo de centenas de anos e por incontáveis gerações. E então percebi que o que eu realmente queria era elaborar um Premier Cru, mas na Califórnia".

William Harlan

Se havia **uma possibilidade em um milhão**, e se existia alguém apaixonadamente convencido a decidir tentar, então eram necessárias as terras. E especialistas. E disciplina. E coragem. E um tremendo investimento. Mas, acima de tudo, era necessário um **PROJETO**. E não a curto prazo. Se a elaboração dos Premier Cru de Bordeaux, como Château Lafite Rothschild ou Romanée-Conti da Borgonha, levou séculos inteiros, eles precisariam de um objetivo semelhante e equivalente ... pelos próximos dois séculos. E foi exatamente isso a que William Harlan se propôs: **FAZER HISTÓRIA**.

Os grandes vinhos, pensou ele, são produzidos em superfícies inclinadas. É por isso que ele encontrou o céu, e seu futuro nesse céu, nas colinas baixas das montanhas Mayacamas, a oeste de Martha's Vineyard, onde comprou os primeiros 16 hectares em 1984, para cultivar primeiro um hectare e meio em 1985, mais sete nos dois anos seguintes, e os últimos em 1990.

Robert Mondavi e William Harlan em um vinhedo francês.

Logo depois, como resultado de estudos profundos do solo, longas jornadas de trabalho com uma equipe de especialistas que foi aumentando a cada mês e um investimento de energia e dinheiro que nunca havia imaginado ser possível, o Harlan Estate anunciou **sua primeira safra de 200 caixas de Cabernet e 200 mais de Chardonnay.**

Mas ele havia alcançado algo mais importante do que uma primeira safra: tinha dado o primeiro passo na elaboração de um vinho que logo competiria com os mais famosos do mundo.

A qualidade, no entanto, ainda não estava à altura das expectativas de Harlan.

Somente em 1996, quando as safras de 1990, 1991, 1992 e 1993 já estavam engarrafadas, e a de 1994, em barris, Harlan e sua equipe decidiram finalmente se reunir com um crítico de vinhos para degustar a safra de 1990 pela primeira vez.

O resultado desse encontro é o princípio da lenda: **haviam alcançado o primeiro ano da imortalidade.**

Agora, em Vale do Napa, William Harlan podia respirar fundo e voltar a experimentar desse deleite do mundo que crescia a cada tarde nas terras semiadormecidas e que escondia uma **glória** silenciosa que conseguiriam irromper, um dia, graças a sua **vontade, determinação e loucura.**

Nasce uma dinastia

Harlan conta que levou 20 anos para ganhar o primeiro dólar com a venda do Harlan Estate, devido aos custos, à mão de obra necessária e ao tempo investido em sua produção.

Diz que tem um PROJETO para os próximos 200 anos, cujo objetivo é criar uma dinastia de vinhos com base no estilo europeu dos Rothschild e dos Antinori.

Harlan é dono do Napa Valley Reserve, um clube privado com cerca de 500 membros de 37 estados e 11 países. Para ingressar é preciso um pagamento inicial de cerca de 155.000 dólares, que permite aos membros desfrutar da produção de seus próprios vinhos no Vale do Napa, participar de grandes eventos culinários, viagens educativas a vinhedos de todo o mundo e utilizar a infraestrutura do lugar. Além de receber uma quantidade enorme de garrafas de vinho que eles produzem.

O valor de uma garrafa de
Harlan Cabernet Sauvignon
VARIA ENTRE
400
E
1200
DÓLARES,
dependendo do ano da safra.

WILLIAM HARLAN
também é o <u>fundador</u> do
MEADOWOOD RESORT,
o hotel mais famoso do
Napa Valley,
cujo
restaurante
recebeu a categoria de
3 estrelas
pelo Guia Michelin.

Ele conheceu sua esposa, **Deborah Beck**, EM UM ENCONTRO ÀS CEGAS, *em* **1985**. *Tiveram* **DOIS FILHOS** *que hoje* **trabalham com ele** *na propriedade:* **William,** nascido em 1987, e **Amanda,** em 1989.

DO TERROIR PARA A GARRAFA

O vinhedo está localizado no vale do Napa, na Califórnia.

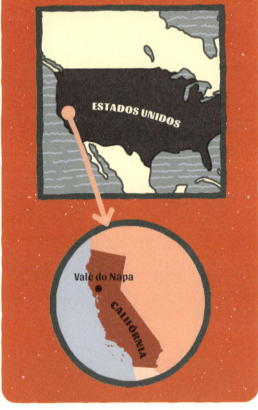

(A porcentagem exata de cada variedade é decida em cada colheita).

Vinhos de culto (*cult wines*)

Os vinhos de culto da Califórnia são produzidos em pequenas quantidades, são difíceis de encontrar e costumam ser leiloados por milhares de dólares.

{ *Outros vinhos de culto, além do Harlan são: Screaming Eagle, Sine Qua Non, Scarecrow, Araujo, Grace Family Vineyards, Dominus, Dalla Valle, Peter Michael.* }

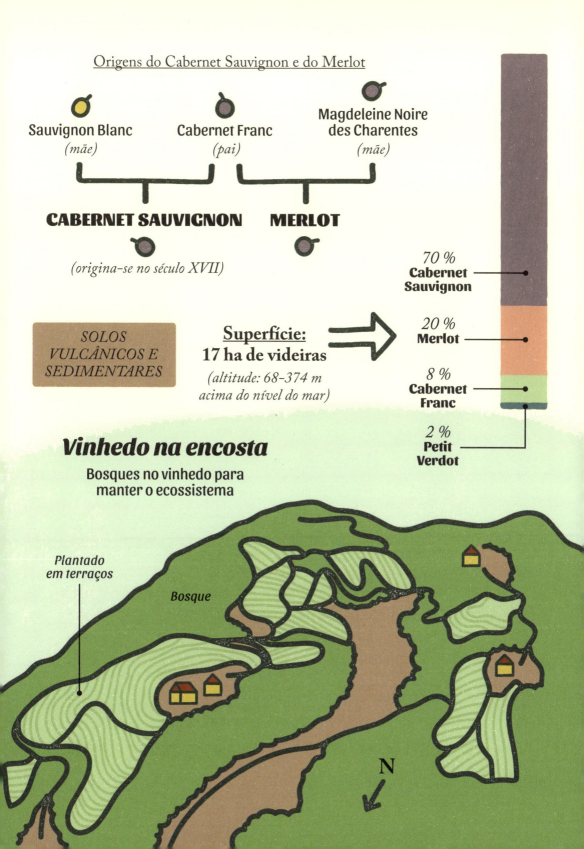

Romanée-Conti

Um vinho patrimônio da humanidade

"Ninguém sabia como entreter com mais elegância e sutileza do que o príncipe de Conti", afirmava Madame de Genlis, a escritora francesa que apoiou a Revolução pouco tempo depois

Crônica da guerra das uvas

Quantas coisas um ser humano pode desejar?
Quantas pode realmente conseguir?
E acima de tudo: o que ele verdadeiramente possui?

Louis François de Bourbon,

príncipe de Conti, é lembrado graças a um dos vinhedos mais prestigiados da história, o qual também se tornou uma lenda: o Romanée-Conti, na Borgonha.

O príncipe também era dono de tudo aquilo que um homem de sua época desejava: inteligência, cultura, sedução, um título de nobreza, talento para o combate, a política e as artes... Como se tudo isso não bastasse, ele liderou o **LE SECRET DU ROI,** primeiro serviço de inteligência secreta da **monarquia francesa**, que fez dele um verdadeiro James Bond da espionagem francesa do século XVIII.

Como todo herói, o príncipe tinha uma arqui-inimiga: **MADAME DE POMPADOUR**, a favorita do rei Luís XV.

★ **Romanée-Conti**

Em 1764, o artista Michel-Barthélemy Ollivier retratou o príncipe e o seu entorno no óleo sobre tela que vemos acima, intitulado "Chá inglês no salão dos quatro espelhos do templo, com toda a corte do príncipe de Conti ouvindo o jovem Mozart", atualmente no museu do Louvre.

Ela e o príncipe foram as duas pessoas mais próximas do rei... e as mais influentes. No entanto, às diferenças políticas somava-se o desejo do príncipe de se tornar rei da Polônia, como seu avô havia sido. Foi isso o que finalmente desatou o confronto feroz entre os dois.

Segundo a lenda, a batalha final entre eles pelo poder sobre o rei da França era inevitável, e não poderia acontecer em outro terreno que não fosse... o vinhedo de Romanée.

Era uma batalha sem exércitos nem canhões.
E era uma última demonstração de poder entre ódios incontroláveis. Dessa vez, concentrados na aquisição da propriedade na Borgonha, que estava cercada pelos famosos vinhedos.

O príncipe, que era alvo da inveja de muitos homens, não se consagraria rei da Polônia, apesar de seu desejo fervoroso. No entanto, **OUTRA VITÓRIA** o esperava na Borgonha, já que as vinhas de Romanée nunca seriam de Pompadour.

O príncipe de Conti

O príncipe compraria as terras por mais de **10 vezes o valor** de qualquer outro vinhedo, e faria isso secretamente por meio de um intermediário.

Era óbvio que não seria a coroa polaca que transformaria o príncipe em uma **lenda** que atravessaria quase **quatro séculos** até chegar a estas páginas.

Seria, na verdade, seu espírito refletido naquelas vinhas. Nada mais que terra e uvas. Mas, sem dúvida, as terras e as uvas mais mágicas e memoráveis da história.

Tanto é que o príncipe **NUNCA VENDEU UMA ÚNICA GARRAFA**. As quase 2000 garrafas que foram produzidas ao longo do ano eram consumidas em inúmeros jantares, concertos e noitadas com artistas e políticos.

Seu filho herdou o vinhedo em **1776**, quando o príncipe faleceu, mas pouco tempo depois, com a Revolução Francesa, a propriedade foi confiscada e declarada **PATRIMÔNIO NACIONAL**.

Anos depois, em 1794, ela foi **leiloada**.

> **"É quase a marca registrada dos vinhos de Domaine de la Romanée-Conti: são instantaneamente reconhecidos por sua opulência exótica".**
>
> *Hugh Johnson*

Depois de passar por muitas mãos, em 1869, apareceu Jacques-Marie Duvault-Blochet, **ancestral** dos atuais De Villaine, a família que entra em cena durante o século XX e que é a atual proprietária com a família Leroy.

Essa união de sobrenomes, De Villaine e Leroy, continua até os dias de hoje compartilhando a propriedade em partes iguais.

A administração fica a cargo de Aubert de Villaine e de Henry-Frédéric Roch, um dos três filhos de Pauline Roch, proprietária de 25% da vinícola, como sua irmã, Lalou Bize-Leroy.

Aubert de Villaine, em 2010, apresentou a candidatura para que os domínios vitivinícolas da Borgonha compreendidos entre Dijon, ao norte, e Maranges, ao sul, fossem reconhecidos como **Patrimônio Mundial pela Unesco**.

Aubert de Villaine apresentou a candidatura à Unesco em 2010.

E assim seriam finalmente declarados na reunião da Unesco em Bonn, no ano de 2015.

Romanée-Conti é hoje uma das **MENORES PROPRIEDADES** da França. Apenas **1,8 HECTARES** de vinhas produzem cerca de 5000 garrafas por ano de um vinho que pode custar mais de 10.000 dólares – inclusive de uma safra recente –, embora muito distante dos 100.000 dólares, que é o preço que se paga por um "millésime" de 1945.

São quase **800 anos de história** de uma terra que possui vinhedos desde o século XIII, quando o abade de Saint Vivant, em **1232**, adquiriu os primeiros dois hectares que se tornariam uma verdadeira lenda universal.

O PREÇO MÉDIO *de uma* **GARRAFA** da safra atual de **ROMANÉE-CONTI** é de, *aproximadamente*, **14.800** dólares.

O vinhedo foi **instalado** no SÉCULO **XIII.**

Esteve nas mãos **DA FAMÍLIA De Villaine** desde o ano de *1869.*

O outro vinho MUNDIALMENTE FAMOSO dessa propriedade *provém do vinhedo* **La Tâche**.

LA TÂCHE *é conhecido como um vinho* **MASCULINO**

e

ROMANÉE-CONTI *como um vinho mais* **FEMENINO.**

Uma herança privilegiada

Trata-se de **1,8 HECTARES** privilegiados junto à pequena cidade de Vosne-Romanée, abençoado com o clima perfeito para uma produção de excelência.

O **vinhedo Romanée-Conti** consiste em uma pequena encosta bem drenada com orientação leste e sudeste, a 240 metros acima do nível do mar.

Seus **solos** são formados de pedra calcária e são ricos em ferro.

A seleção de plantas de Pinot Noir "Très fin", herdada da antiga propriedade Romanée-Conti, fornece uma **herança genética** *incomparável, com uma delicadeza e complexidade que asseguram a pureza dos vinhos produzidos ali.*

A **acidez** permite que um vinho com essa herança possa evoluir favoravelmente durante décadas.

É uma vinha com produção **ORGÂNICA** em que as plantas têm, em média, 45 anos.

Técnicas **biodinâmicas** têm sido praticadas desde 2007.

O Romanée-Conti **1985** foi qualificado com os 100 preciosos pontos de Robert Parker, o crítico de vinhos mais respeitado do mundo.

Apenas uma variedade

100 % PINOT NOIR

DO TERROIR PARA A GARRAFA

O vinhedo está localizado em Côte de Nuits (Côte d'Or), próximo à cidade de Dijon, na região da Borgonha

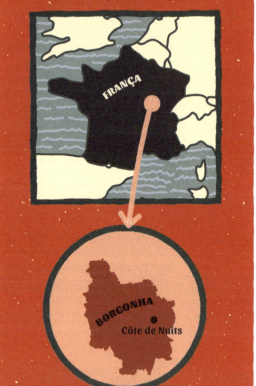

FIM DO SÉCULO XIX
A praga da filoxera ataca os vinhedos da França.

Quase todos foram replantados usando o pé ou a raiz da videira americana resistente à filoxera com a Vitis vinifera europeia enxertada nela.

Os melhores vinhedos têm uma ligeira inclinação que facilita a drenagem.

cascalhos

INCLINAÇÃO DE 15%

TOPSOIL de aprox. **1 metro**

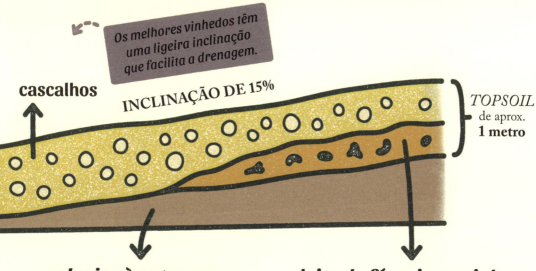

calcaire à entroques
argila calcária de origem jurássica

Dizem que os melhores Pinot Noir vêm de solos calcários como os da Borgonha.

leito de fósseis marinhos
rica em calcário
(ostrea acuminata)

ROMANÉE-CONTI SÓ REPLANTOU EM 1945

Em vez de replantar com clones selecionados de 1, 2 ou 3 plantas, Romanée-Conti decidiu plantar uma seleção mais diversificada, de dezenas de plantas diferentes.

FÓSSEIS MARINHOS

Aubert de Villaine crê que essa diversidade genética é importante para a qualidade do Pinot Noir.

Idade média das videiras: 40 anos

Alta densidade de plantas:
10.000 A 14.000 por hectare

Wehlener Sonnenuhr
Um relógio alemão

A doçura do tempo

*"Um grande vinho requer
um louco para fazê-lo crescer,
um homem sábio para vigiá-lo,
um poeta lúcido para elaborá-lo
e um amante que o entenda.*
Salvador Dalí

Em 1971, um **homem apaixonado** por vinho decidiu comprar duas caixas do famoso Joh. Jos. Prüm. Seu objetivo era abrir uma garrafa a cada ano para sentir a evolução desse vinho e saborear o impacto da sua qualidade ao longo do **tempo**. Mas é bem provável que o que esse homem realmente queria era perceber o desenvolvimento de si mesmo, de seu próprio paladar, de sua própria transformação.

Katharina Prüm, dona de um dos vinhedos mais famosos da Alemanha, conheceu esse homem apaixonado. E a percepção da maneira como sua família conduzia as vinhas há muitos séculos nunca mais foi a mesma.

As duas caixas foram essenciais não somente para que aquele homem tivesse revelações possíveis do vinho e de si mesmo. Essas duas caixas também transformariam o olhar de Katharina para sempre. E assim lhe mandou dizer: **"O desenvolvimento do vinho é imprevisível... tão imprevisível quanto um ser humano".**

O desafio dessa vinícola, além de produzir um excelente vinho, era cultivar nas encostas mais íngremes e complexas do mundo. Sem dúvida, o Joh. Jos. Prüm deve muito da grandeza de sua reputação aos **14 HECTARES PRIVILEGIADOS, <u>EMBORA ÍNGREMES E DIFÍCEIS</u>**, localizados no coração de Alemanha. São realmente íngremes, mas com um encanto único e insubstituível!

A magia do lugar aumentou exponencialmente em 2003, quando Katharina se uniu a Manfred, seu pai, para administrar a vinícola da família, inserindo uma energia diferente e revolucionária.

Pai e filha embarcam, então, em uma incrível herança familiar que havia começado **800 ANOS** antes, quando a família Prüm se estabeleceu em Wahlen, nos vales do rio **MOSELA**.

"Meu papel não é mudar os vinhos Joh. Jos. Prüm.".

Katharina Prüm

Cinco séculos depois, Prüm se transformava em uma vinícola e, com um grande esforço de Sebastián Alois Prüm, começava o trabalho mítico e quase subumano para fazer vingar os vinhedos íngremes de Wehlener Sonnenuhr. Com o crescimento da vinícola nascia também uma lenda, em virtude do início da construção dos **relógios de sol** (Sonnenhur), que estão na região até hoje. Os relógios marcariam as horas naquelas perigosas encostas, e suas agulhas também serviriam de alívio aos trabalhadores, marcando o fim de cada jornada de trabalho árduo.

No entanto, a força ilimitada desse destino da família Prüm foi vislumbrada pela primeira vez apenas em 1911, quando Johann Josef Prüm atribuiu um novo perfil à produção, o que fez a qualidade crescer de forma surpreendente. Dez anos depois, seu filho Sebastian toma as rédeas do negócio, e de acordo com Robert Parker Jr., o crítico de vinhos mais importante do mundo, foi sob sua égide que, durante as décadas de trinta e quarenta, o **RIESLING** desenvolveu **um estilo único**, diferente de todos.

Os trabalhadores observam ansiosamente o relógio de sol, à espera do fim da jornada.

★ Wehlener Sonnenuhr

Mas como podemos definir a diferença do J.J. Prüm frente a todos os outros vinhedos dos vales do Mosela? É possível explicar essa magia?

A diferença começa, como sempre, com as terras selecionadas. Depende também das técnicas e do cuidado diário do vinhedo, claro. Mas há muito mais: começar a colheita o mais tarde possível, selecionar as uvas através de uma única análise... e o tempo. **Tempo para as videiras expressarem seu melhor potencial, tempo para assimilar o clima, os minerais, a água, o açúcar; tempo para inovar junto com a evolução da terra...** e tempo também para que o ser humano que decide seu destino possa compreendê-lo realmente.

Quando Sebastian morreu, em 1969, seu filho Manfred assumiu a propriedade e compreendeu o futuro da família em toda a sua grandeza. Anos depois, sua filha Katharina, com a mesma devoção, começou a trabalhar para preservar o legado da vinícola familiar.

"Não gosto da expressão 'produtores de vinho' (winemakers), porque parece indicar que somos nós que estamos 'fazendo' o vinho. E não é isso, a única coisa que fazemos é acompanhá-lo. Só tentamos expressar o que a natureza nos oferece. E uma vez que encontramos esse equilíbrio ideal de elementos, esperamos intervir, de alguma forma, o mínimo possível", diz Katharina Prüm.

Hoje, tanto Katharina quanto aquele homem apaixonado, que continua bebendo uma vez por ano suas valiosas garrafas para conhecer a evolução do vinho e de si mesmo, sabem que cada safra, cada dia e cada encontro geram resultados igualmente imprevisíveis.

Na mesma condição de <u>incerteza</u> e estranheza residem também a beleza, a magia e a grandeza potencial de um vinhedo. E do seu **futuro**.

O sabor do ouro

A propriedade está localizada em solos de ardósia que parecem **IMPENETRÁVEIS**. O fato de uma videira crescer em condições tão adversas é praticamente um milagre.

Os vinhos são envelhecidos em **TRADICIONAIS BARRIS DE 1000 LITROS**. Utiliza-se uma metodologia idêntica à utilizada pelo fundador da vinícola, Johann Josef Prüm.

Até hoje, ninguém ganhou mais vezes a classificação de "melhor Riesling" da prestigiada revista de gastronomia e vinhos **Gault & Millau** do que J.J. Prüm

As **SAFRAS** mais famosas do vinhedo são as de 1949, 1959, 1976, 1988, 1997, 1999, 2000 e 2001.

O reconhecido sommelier alemão Frank Kämmer disse que o Riesling de J.J. Prüm se parece com uma primeira-bailarina com sua "precisão, elegância e graça".

Os vinhos Riesling da Alemanha são divididos em **seis categorias, DEPENDENDO DO GRAU DE MATURAÇÃO DAS UVAS,** de menor *(Kabinet)* para maior maturação *(Trockenbeerenauslese).*

Os Kabinett são os únicos que tendem a ficar completamente secos (não doces).

MATURAÇÃO

AS 6 CATEGORIAS SÃO

Kabinett
(menor maturação)

Spätlese

Auslese

Beerenauslese

Eiswein

Trockenbeerenauslese
(mayor madurez y más dulce)

O preço médio de **UMA GARRAFA** desse Riesling é de mais de **5000** dólares.

JOH. JOS. PRÜM é um dos **RIESLING** *mais famosos* da Europa.

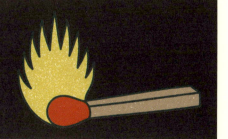

Os vinhos de Joh Jos Prüm são famosos pelo seu **aroma de fósforo** fósforo e pela sua capacidade de **envelhecimento.**

DO TERROIR PARA A GARRAFA

O vinhedo está localizado na cidade de Wehlen, às margens do rio Mosel, no sudoeste da Alemanha.

Apenas uma variedade

100 % RIESLING

Wehlener Sonnenuhr

nome da cidade — relógio de sol

22 ha e 200 lotes com diversos proprietários
Lote de Joh. Jos. Prüm: 5 ha

O nome Prüm é centenário na região do rio Mosel. Existem 7 vinícolas com o nome Prüm, mas apenas uma Joh. Jos. Prüm.

Vinhos doces envelhecidos

O açúcar age como um conservante para o vinho e é por isso que os vinhos doces do Mosel, os Sauternes da França e os do Porto são famosos por sua capacidade de envelhecimento.

Os pais do Riesling

Wild Vine — Traminer

Gouais Blanc *(também um dos pais do Chardonnay)* — O Outro Pai *(desconhecido)*

RIESLING

(existe desde a Idade Média)

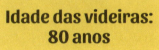
Idade das videiras: 80 anos

UNGRAFTED
(sem porta-enxerto de videira americana)

Río Mosel

solo de ardósia cinza
do período Devoniano

INCLINAÇÃO DE 70%

Foto: © Weingut J.J. Prüm

OS FAMOSOS SOLOS DEVONIANOS DE ARDÓSIA

Diz-se que a intensa mineralidade e os aromas florais do Riesling nessa região se devem a esses solos.

Leflaive Montrachet

A rainha dos vinhos

A garota que amava as uvas

"A antroposofia não visa a transmitir conhecimento. Visa a despertar vida".

Rudolf Steiner

No verão de **1973**, quando tinha apenas 17 anos, Anne-Claude Leflaive viajou para o vinhedo de sua família na Borgonha com o mesmo entusiasmo que sentia todos os anos, desde criança. Toda vez que ia, sentia que estava indo a um pequeno paraíso privado de sol e uvas ao qual estava destinada.

Apesar dessa certeza, esse destino só se revelaria muito mais tarde. Quando acontecesse, a surpreenderia com um desafio único.

Seu tio Jo não ficava feliz com o entusiasmo que Anne-Claude demonstrava toda vez que ela visitava as vinhas: "Você não deveria trabalhar no vinhedo com os empregados. **Você é uma Leflaive.** Não é apropriado".

Foi Vincent, seu pai, que, apesar de tudo, deu-lhe a liberdade de fazer o que queria durante a sua estada. De alguma forma, naquele ano ela adquiriu a confiança de que precisaria mais tarde para revolucionar a propriedade com suas ideias sobre a **BIODINÂMICA**.

A filoxera causou estragos em todas as videiras europeias.

Tudo começou em 1717, naquelas terras, com a família Leflaive, embora seu prestígio inicie-se mais tarde, com a chegada do engenheiro naval **JOSEPH LEFLAIVE** (1870-1953), que administrava uma fábrica em Saint Etienne e que conseguiu reunir 25 hectares de vinhedos, em 1905.

Aquelas terras estavam à venda a um valor muito baixo, já que tinham sido devastadas pela epidemia da filoxera, um **inseto parasita que causa a morte da videira** em apenas três anos, e para erradicá-lo foram necessários os **30 anos seguintes**.

Em 1920, Joseph começa a **replantar a propriedade** e a vender o vinho com sua própria marca. Em 1953, após sua morte, **SEUS FILHOS VINCENT E JOSEPH** começam a melhorar a qualidade do vinho até colocá-lo como um dos mais importantes da Borgonha.

No entanto, a **verdadeira revolução** viria com Anne. Ela havia estudado Economia em Paris e viajado pelo mundo com seu marido Christian Jacques, instrutor de navegação e pai de suas três filhas. Depois de estudar, Anne se dedicou ao ensino.

Montrachet Leflaive ★

Um dia, depois de viver por um tempo no Marrocos e na Costa do Marfim, Anne sentiu uma **necessidade repentina** de voltar com a família para a França. E imediatamente começou a estudar **enologia** em Dijon.

Em 1990, mudaram-se para Puligny-Montrachet e Anne passou a administrar a propriedade <u>com seu primo Olivier</u>. A revolução começou com uma **IDEIA BRILHANTE:** a biodinâmica.

As safras de 1987 e 1988 haviam sido duramente criticadas, e a propriedade parecia ter perdido o rumo. As ideias de **RUDOLPH STEINER** sobre agricultura biodinâmica pareciam de repente ser a única solução para a estagnação da propriedade.

Mas não era apenas um **método de cultivo e colheita**. Era muito mais do que isso: era uma **filosofia de vida**. Por outro lado, para muitos na região, era quase um <u>sacrilégio.</u> Assim pensava também seu primo, Olivier. Foi assim que o assunto se tornou uma grande fonte de conflito entre os dois.

Anne **experimentou** os novos métodos por 3 anos, produzindo <u>simultaneamente</u> vinhos com técnicas biodinâmicas e com as tradicionais.

> "Eu sabia que era pelo futuro do planeta... porque era uma forma de combater a poluição que se produzia não só na terra e no ar, mas também nos seres humanos.

> # Os pesticidas químicos haviam acabado com a vida nos solos. E os vinhos estavam cheios dessa química".

> *Anne-Claude Leflaive (1956-2015)*

Definitivamente, as diferenças eram evidentes: a vida nos solos foi transformada. A saúde das vinhas progrediu claramente e a melhoria na qualidade foi visível.

A **ruptura** com Olivier era inevitável, e desde 1994 essa liberdade permitiu que Anne se dedicasse aos seus vinhedos e os transformasse para sempre.

Em 1997, Anne convidou a famosa equipe de **especialistas em vinhos** de Corney & Barrow para avaliar duas taças de vinho. Ambas eram da **mesma safra:** 1996 Puligny Montrachet Clavoillon. Numa taça havia vinho produzido com os métodos tradicionais e, na outra, o resultado do processo biodinâmico.

Os especialistas foram unânimes: a taça que continha o vinho biodinâmico era **claramente superior**.

A partir daquele ano todas as colheitas foram transformadas em biodinâmicas e Anne tornou-se uma **LUTADORA INCANSÁVEL** contra a presença de pesticidas no vinhedo.

Desde meados da década de **1990**, *toda a produção* é realizada de acordo com os NORMAS da agricultura biodinâmica.

O vinhedo **Le Montrachet** foi declarado um GRAND CRU em **1937.**

NESSE VINHEDO é PERMITIDO *plantar somente* **Chardonnay.**

Domaine Leflaive Le Montrachet é o Chardonnay **mais caro do mundo:** *o preço de* **UMA GARRAFA** *varia entre* **5000** e **40.000** dólares, dependendo da safra.

O primeiro **vinhedo** FOI PLANTADO EM Montrachet NO SÉCULO **XIII.**

É um dos **únicos vinhedos** que ainda *incorporam totalmente os* **TRABALHADORES** *durante a colheita.*

(A cada ano, 60 pessoas colhem as uvas, além de tomar café da manhã, almoçar, jantar e dormir nos estabelecimentos do vinhedo, como acontecia na antiguidade. **E TOMAM O MELHOR CHARDONNAY DO MUNDO.**)

A vida no vinhedo

"O sol, com todos esses planetas dependendo dele, é capaz de amadurecer um punhado de uvas como se não tivesse mais nada a fazer no universo".
Galileu Galilei

A **biodinâmica** é o estudo dos processos biológicos dos seres vivos. A agricultura biodinâmica, por sua vez, é uma forma de entender **o trabalho da terra** dentro de um **ECOSSISTEMA**, de acordo com as teorias de Rudolf Steiner, o fundador da antroposofia.

A biodinâmica tenta **relacionar todos os processos do universo** dos quais depende a vida na Terra. Considera as plantas como seres vivos que necessitam tanto da energia, da água e dos nutrientes que absorvem de diferentes camadas da terra, como dos processos e ritmos do sol e da lua, sendo herdeiros diretos do clima da região em que se desenvolvem.

> **"Para conhecer o mundo de fato, é preciso olhar profundamente para dentro de si mesmo. Para conhecer a si mesmo de fato, é preciso ter um interesse real pelo mundo".**
>
> *Rudolf Steiner*

Por isso é essencial evitar tudo o que interrompa o **desenvolvimento natural** desse equilíbrio, como o uso de pesticidas, herbicidas industriais e organismos geneticamente modificados.

A agricultura biodinâmica abrange todos os aspectos da agricultura: ecológicos, econômicos e sociais, incluindo o uso de preparações biodinâmicas, medidas para organizar a paisagem, rotação de culturas, etc.

Este é um exemplo de como se prepara a substância usada para **ENRIQUECER A TERRA**, que parece extraída da **alquimia medieval** ou da **ficção científica moderna**, mas cujo resultado tem sido provado repetidas vezes:

Prepara-se quartzo moído, que é colocado dentro de um chifre de vaca. Enterra-se o chifre na primavera para ser extraído no outono. Mistura-se uma colherada desse pó de quartzo com 250 litros de água e pulveriza-se sobre o cultivo à baixa pressão, durante a época de chuvas, de modo a prevenir doenças causadas por fungos.

DO TERROIR PARA A GARRAFA

O vinhedo está localizado na Côte de Beaune, próximo à cidade de Beaune, na região da Borgonha.

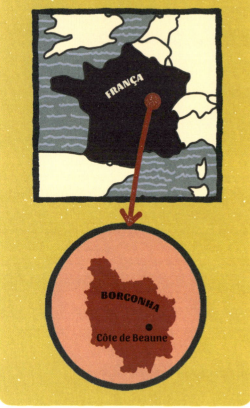

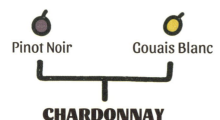

Os pais do Chardonnay

Pinot Noir — Gouais Blanc

CHARDONNAY

(*É comum que uma casta tinta misturada com uma casta branca dê origem a uma casta branca*)

Apenas uma variedade

100 % CHARDONNAY

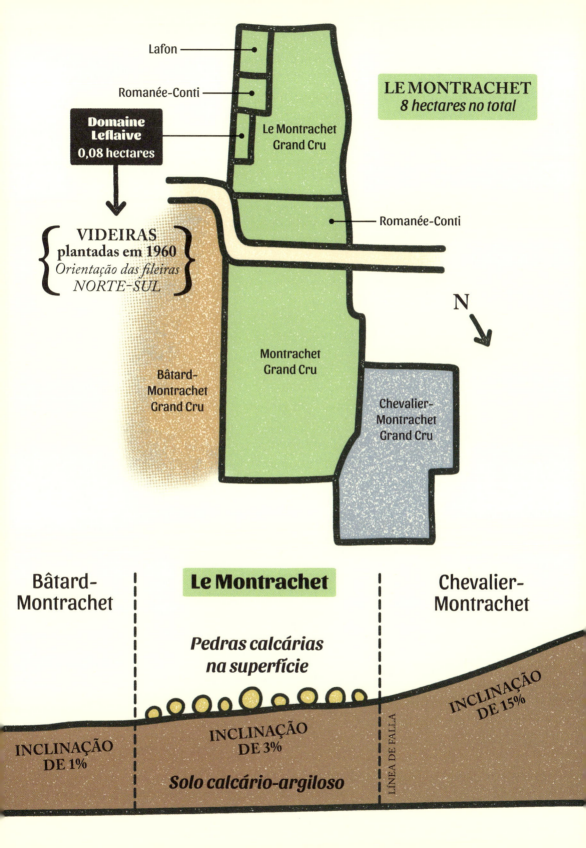

Hill of Grace

O Velho Mundo na Austrália

A conquista da terra prometida

"Às vezes é necessário atravessar a selva antes de chegar à terra prometida".
John Bytheway

Talvez fossem sinais divinos.

Quem sabe, também, verdadeiros chamados de Deus.

Por essa razão, pouco a pouco, Johann Christian Henschke entendeu que aquele era o momento de deixar o mundo conhecido e partir com sua família em busca da **terra prometida**. Porque para um verdadeiro luterano da Silésia como ele, as decisões religiosas tomadas pelo rei prussiano Frederico Guilherme III eram intoleráveis. Além disso, era evidente que o verdadeiro propósito do monarca era extinguir os grupos de **luteranos tradicionalistas** aos quais pertencia a FAMÍLIA Henschke.

Não, não havia outra opção. Eles deviam partir para sempre...

Em 3 de julho de **1841**, Johann Christian, sua esposa Appolonia Wilhelmine e seus três filhos embarcaram no navio Skjold com destino ao hemisfério sul. Esta era uma grande oportunidade. E talvez a última.

Marido e esposa deviam acreditar cegamente nos sinais que Deus lhes enviava. **"Austrália"** era apenas uma palavra para eles, mas dessa única palavra dependia todo o seu futuro.

Johann Christian agia como se estivesse profundamente convencido. Não era por menos: à situação econômica asfixiante pela qual estavam passando e às medidas religiosas inaceitáveis somou-se um fato lamentável: a perda de Johanna Luise, seu bebê de dez meses.

Appolonia, arrasada pela perda e cercada por seus três filhos, observava o navio em que estavam prestes a embarcar, com grande angústia e incerteza. **Que destino os esperava do outro lado do oceano?**

APPOLONIA NUNCA CHEGARIA A ESSE DESTINO na terra prometida. Durante a travessia, ela e seu pequeno filho de seis anos, Johann Friedrich, sucumbiram, como muitos outros, à **disenteria**. Como era comum nesses casos, os corpos foram jogados ao mar... Agora, Johann e seus dois filhos se viam obrigados a enfrentar sozinhos uma terra desconhecida. **E NÃO HAVIA MAIS VOLTA.**

Trabalhou muito quando chegou à Austrália. No entanto, **seu futuro e o de seus filhos parecia cada vez mais incerto**. Durante esses anos de esforço, pôde economizar algum dinheiro. Quando já não esperava mais nada dessa terra prometida, foi surpreendido pelo magnífico **VALE DO ÉDEN**, ao sul do continente, onde encontrou uma <u>verdadeira esperança e, mais tarde, sua salvação</u>.

Tempos depois, ele se casaria novamente, teria mais oito filhos e criaria o vinhedo mais prestigiado da história da Austrália, além de um dos mais importantes do mundo. Estaria localizado logo abaixo da pequena igreja luterana de Gnadenberg, nos vinhedos conhecidos como Hill of Grace. Esse era o lugar. E ali residia seu futuro.

Em 1868, juntamente com seu filho Paul Gotthard, realizaram a primeira colheita que, de acordo com os pouquíssimos documentos que restaram daquela época, era essencialmente constituída por Riesling e Shiraz.

<u>Johann Christian</u> **morreu alguns anos depois** com a satisfação de ter realizado o sonho de salvação de sua família.

Paul Gotthard Henschke

Paul Gotthard Henschke tomou as rédeas da propriedade em 1873, plantou mais vinhedos, e a produção da vinícola começou a aumentar em qualidade e quantidade. **Também foi eleito oficial de justiça da pequena comunidade, organista da igreja de Gnadenberg e formou a orquestra de instrumentos de sopro da família Henschke, com clarinetes e trompas que foram preservados até hoje.**

A atividade do vinhedo continuou crescendo por muito tempo. E os vinhos que se produziam ali começaram a ganhar fama.

Em 1949, Cyril Henschke, descendente direto de Johann Christian, estudou as terras do Vale do Éden e chegou à conclusão de que elas eram realmente ideais para produzir **vinhos finos, secos e de alta qualidade**, e não os vinhos que haviam feito até aquele momento.

A família Henschke: o casal Stephen e Prue e seus filhos Andreas, Justine e Johann

Foi então que, com a ajuda de seu irmão Louis, realizou várias modificações na propriedade e construiu um novo tanque de fermentação. Começou a experimentar diferentes possibilidades: Frontignac, Sémillon, Sercial, Ugni Blanc e Riesling.

Em 1958, ele produziu o primeiro Henschke Hill of Grace, com o qual deu o pontapé inicial a uma verdadeira lenda. Para muitos, representa a coragem, o trabalho incansável e a força do desejo de gerações de imigrantes que chegaram ao sul da Austrália com a convicção de que deveriam se tornar donos do seu futuro.

Desde a morte de Cyril, em 1979, seu filho Stephen e sua esposa, Prue, realizaram um trabalho monumental no vinhedo, transformando-o em uma verdadeira **filosofia de vida**. Até hoje trabalham com os ciclos lunares, em busca de equilíbrio na natureza dos vinhedos, com uvas cuidadas ao máximo para encontrar o equilíbrio que permita uma estrutura sólida e um sabor marcante.

Desde os anos oitenta, **UMA INFINIDADE DE EMPRESAS ADQUIRIU MUITOS DOS VINHEDOS FAMILIARES DA REGIÃO**. Mas nenhuma pôde comprar Henschke...

> ## "Eu me tornei um especialista em poder dizer 'vai para o inferno' em uma enorme quantidade de línguas".
>
> *Stephen Henschke*

"Eu me tornei um especialista em poder dizer 'vão para o inferno' em uma enorme quantidade de idiomas", diz Stephen, que hoje colocou o destino do vinhedo nas mãos de seus filhos.

"Por que eu venderia uma propriedade com tanta história e tanto legado? Além disso, depois de **seis gerações**, sentimos que somos como os curadores de um grande museu". Stephen deve saber que há seis gerações, quando Johann Christian embarcou com destino a um mundo desconhecido, ele o fazia pela salvação de sua família e de seus descendentes. De alguma forma, Johann, seu ancestral, em 1841, já estava pensando em Stephen, que hoje protege o legado da família.

"Esta história e este vinhedo formam também um modo de vida. E é um jeito muito lindo de viver".

Geração *bio*dinâmica

"Desde que comecei a usar os princípios da biodinâmica, estou vendo os benefícios de uma maior expressão de aromas e texturas nos vinhos de todos os nossos vinhedos".
<u>Prue Henschke</u>

Os segmentos mais antigos do vinhedo, que datam de 1860 e estão plantados **sem porta-enxertos** de videira, são conhecidos como **Os Padrinhos** e são algumas das videiras mais antigas do mundo vitivinícola.

A altitude do vinhedo é **400 metros** acima do nível do mar.

Os solos são aluviais, com terra roxa devido ao seu alto teor de ferro. O vinhedo está sujeito a uma **GRANDE AMPLITUDE TÉRMICA** entre o **dia** e a **noite**.

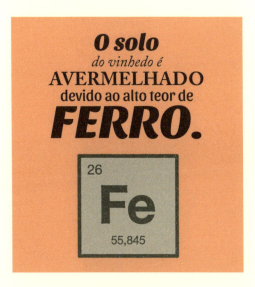

O solo do vinhedo é **AVERMELHADO** devido ao alto teor de **FERRO.**

26
Fe
55,845

O preço de uma garrafa de <u>HENSCHKE HILL OF GRACE</u> varia entre **400 e 700** dólares.

HOJE, **Stephen** *(produtor)* e sua esposa **Prue** *(viticultora)* fazem parte da **quinta geração** da família, e são responsáveis pela propriedade junto com a **sexta geração,** composta por seus três filhos: Justine, Johann e Andreas.

O vinhedo utiliza **TÉCNICAS** *orgânicas e biodinâmicas* para o cultivo.

DO TERROIR PARA A GARRAFA

O vinhedo está localizado no Vale do Éden, que fica no topo de Barossa, no sul da Austrália

Apenas uma variedade

100 % SHIRAZ

AMEIXAS

CHOCOLATE

AMORAS

Hill of Grace é uma tradução do alemão **Gnadenberg**. A igreja no Vale do Éden tem 150 anos de existência.

Por que Shiraz e não Syrah?

Ambas são a mesma variedade, de origem francesa. O Syrah é a casta mais conhecida do Ródano, na França. Os australianos simplesmente decidiram mudar o nome.

As famosas videiras retorcidas de 150 anos no **Grandfather Block**

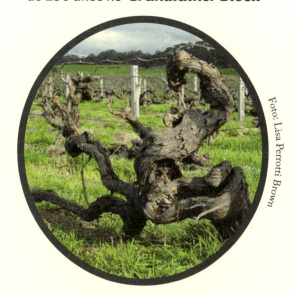

Foto: Lisa Perrotti Brown

CULTIVO BIODINÂMICO

(*Pastagem nativa entre as fileiras*)

SOLOS ALUVIAIS COM TERRAS ROXAS ←----- **Superfície do vinhedo: 4,55 ha**
(altitude: 400-500 m acima do nível do mar)

Assemblage de 6 *blocks* ou lotes, todos muito diferentes em consequência dos tipos de solos.

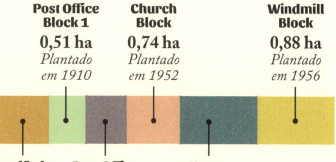

Post Office Block 1 — 0,51 ha — *Plantado em 1910*
Church Block — 0,74 ha — *Plantado em 1952*
Windmill Block — 0,88 ha — *Plantado em 1956*
Grandfather Block — 0,69 ha — *Plantado em 1860*
Post Office Block 2 — 0,57 ha — *Plantado em 1965*
House Block — 1,08 ha — *Plantado em 1951*

Sorì San Lorenzo

O Santo Graal do Piemonte

O vinho italiano mais colecionado

Acredito que a felicidade acompanha os homens que nascem onde se encontram os vinhedos".
<u>Leonardo da Vinci</u>

Contam as lendas medievais que o Santo Graal – a taça que Jesus usou na **Última Ceia** – foi entregue a **SAN LORENZO MÁRTIR** para que ficasse protegida em um lugar seguro e secreto, no século III da **ERA CRISTÃ**.

Ao longo da história da humanidade, o Santo Graal tornou-se um símbolo de todo objeto sagrado e oculto que pudesse abrigar poderes sobrenaturais e revelações inimagináveis.

Talvez, metaforicamente, apenas as uvas e o vinho possam conter, de alguma forma, poderes semelhantes. Pelo menos para uma infinidade de poetas, dramaturgos, filósofos, escritores, músicos e pintores que representaram essa percepção através de obras artísticas memoráveis, um legado deixado à humanidade.

Para eles, apenas o vinho é comparável ao Graal em **poder e revelações, misticismo e compromissos espirituais**. Não há outro fruto equivalente, nem qualquer outro objeto (real ou imaginário) que tenha inspirado tão profundamente a fantasia do ser humano.

O escudo do Piemonte, o novo lar da família Gaja, que chegava da Espanha.

Por isso, é uma grande coincidência que um vinho do Piemonte leve o nome de "San Lorenzo", já que este é, também, o **patrono da Catedral de Alba**, perto da qual se encontravam os vinhedos que Angelo Gaja iria adquirir em 1964.

Antes de adquirir o vinhedo, Angelo já mostrava algum talento para revolucionar a vinicultura do Piemonte. Entre muitas outras audácias, tornou-se um dos primeiros produtores a introduzir a fermentação malolática, com apoio do seu enólogo, Guido Rivella. E foi também um dos primeiros a usar barris de carvalho francês, pouco tempo depois.

Sem sequer imaginar, sua lenda e a de Alba estariam um dia, e para sempre, intimamente interligadas.

Três séculos antes, seus antepassados tinham saído da Espanha, cruzado os Pireneus e atravessado a França, até chegarem ao Piemonte, do outro lado dos Alpes.

Quando já estavam instalados há algum tempo em Barbaresco, Giovanni Gaja, com apenas 27 anos, fundou a vinícola que mudaria a história do vinho italiano. Era o ano de 1859.

"O Cabernet é para John Wayne o que o Nebbiolo é para Marcello Mastroianni".

Angelo Gaja

A família Gaja possuía uma taverna chamada Vapore. Seria uma questão de tempo para que começassem a produzir e vender ali seu próprio vinho, a fim de acompanhar os pratos que eram servidos. No começo, eles só vendiam para os clientes e para os vizinhos do lugar. Mas depois começaram a comercializar seus vinhos em toda a região e, gradualmente, criaram uma carteira de clientes que requeriam garrafões para consumo durante todo o ano em suas casas.

Quando decidiram vender a taverna, em 1912, já tinham compradores fixos de vinho que foram a chave para a evolução da vinícola.

Em 1937, o nome Gaja apareceu nos rótulos pela primeira vez, em grandes letras vermelhas. E foi assim que a lenda começou.

Alguns anos depois, nasceria Angelo, que **lideraria** uma revolução que o levou bem mais longe do que essa aquisição em Alba.

Segundo seu próprio relato, tudo se deve a sua avó, **Clotilde Rey**, que foi responsável tanto por estabelecer os parâmetros de alta qualidade que se praticava na vinícola quanto pela filosofia de trabalho da qual se orgulhava.

Primeiro foi a cantina, logo depois, a produção de vinhos.

> Segundo Angelo Gaja, **"um artesão** é aquele que aprende dentro de **sua própria família**. Fui à escola **com meu pai**, e esse lugar era composto **pela vinícola e a vinha"**.

Hoje, Gaja fermenta seus vinhos de **MANEIRA TRADICIONAL,** até 30 dias, muito na contramão das fermentações **modernas** de 5 dias.

Todo o processo termina em barris de carvalho da Eslavônia de até **120 anos**.

"ISSO ME PERMITE IMAGINAR o sabor que teria **um amálgama** de Romanée-Conti e Mouton Rothschild", AFIRMA ROBERT PARKER, *o crítico de vinhos mais respeitado do mundo, em referência ao* Gaja Sorì San Lorenzo.

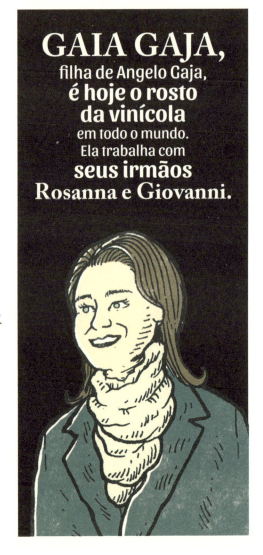

GAIA GAJA, filha de Angelo Gaja, é hoje o rosto da vinícola em todo o mundo. Ela trabalha com seus irmãos Rosanna e Giovanni.

Sorì San Lorenzo ★

Pintura de San Lorenzo, datada do século XIV, feita pelo pintor italiano Spinello Aretino

Clotilde havia nascido a poucos quilômetros da fronteira francesa e estudado para realizar seu sonho de se tornar professora de crianças. Apesar de seu desejo, desde muito cedo **começou a cuidar da contabilidade, dos investimentos e das correspondências da vinícola**, o que logo lhe permitiria expandir o negócio. Como vinha de uma família camponesa muito humilde, cada passo que dava era sólido o suficiente para permitir outro. Quando ela morreu, em 1961, sua vinícola já havia se transformado na mais importante de todo o Barbaresco.

Angelo, que cresceu ao seu lado, tomou as rédeas naquele momento com o mesmo espírito de trabalho, mas com um ímpeto decisivo. Ele queria ir muito além. Um futuro promissor esperava por ele para levá-lo pela mão.

Formou-se em 1961, ano da morte de sua mãe, na escola de viticultura e enologia de Alba. Aprofundou seus estudos em Montpellier e ingressou na Universidade de Turim para estudar **Economia**. Começou então a experimentar o desbaste, uma técnica que consiste em extrair cachos ainda verdes para que a videira empregue toda sua energia nos cachos restantes, aumentando seu vigor até a chegada da colheita.

★ Sorì San Lorenzo

"A elegância não precisa de perfeição".

Angelo Gaja

Como todo revolucionário, Angelo teve **várias brigas com seu pai**, que protegia as **tradições** de cultivo de uva do Piemonte.

O maior conflito surgiu quando Angelo decidiu plantar Cabernet Sauvignon em Barbaresco. O vinho recebeu o nome de **"DARMA-GI"** ("que pena"), porque era o que lhe teria dito seu pai quando ouviu pela primeira vez a ideia do filho de elaborá-lo. Seu pai tinha razão, porque foi o **NEBBIOLO** nativo, introduzido através do Costa Russi, Sorì Tildìn e, claro, Sorì San Lorenzo – o mais memorável de todos os seus vinhedos – a casta que deu origem à fama da família Gaja e da região de Barbaresco.

Foi ali, debaixo da terra, nas raízes ocultas daqueles vinhedos, que Angelo encontrou seu Santo Graal.

Hoje em dia, Gaja produz quase **um milhão de garrafas por ano**, nos 245 hectares distribuídos entre todos os seus vinhedos em Piemonte, Bolgheri e Montalcino.

"Há uma nuance religiosa na atitude em relação ao Nebbiolo naquelas terras. Conheço produtores que passavam toda a manhã de domingo cuidando das vinhas em vez de ir à missa", diz Federico Curtaz, chefe da vinícola e braço direito de Angelo Gaja. "Talvez seja o modo que eles têm de adorar a Deus", concluiu.

Angelo Gaja em seus vinhedos

DO TERROIR PARA A GARRAFA

O vinhedo está localizado em Barbaresco, próximo à cidade de Alba, na região do Piemonte, na Itália.

Apenas uma variedade
(desde 2013, com denominação Barbaresco)

100 % NEBBIOLO

Primeiras menções à variedade Nebbiolo no século XIII

Deriva da palavra nebbia (nevoeiro, em português), fenômeno climático muito comum no Piemonte

Como precisa de bastante sol para amadurecer, é plantado em encostas.

Tem alta acidez e quantidade substancial de taninos. Por isso, um Gaja San Lorenzo pode envelhecer e melhorar durante muitas décadas.

Recentemente, em 2016, Gaia Gaja, filha de Angelo, e seus irmãos Rossana e Giovanni decidiram devolver a denominação Barbaresco aos seus vinhos single vineyard, incluindo o Sorì San Lorenzo, que passam a ser elaborados com 100% Nebbiolo. Isso significa que a partir da safra 2013, o Gaja Sorì San Lorenzo é puramente Nebbiolo.

Variedades do blend
(1996-2013, com denominação Langhe)

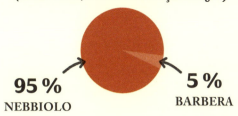

95% NEBBIOLO   **5%** BARBERA

No final dos anos 1990, Angelo Gaja decidiu parar de usar a denominação Barbaresco em seus vinhos provenientes de vinhedos icônicos de Barbaresco-Sorì San Lorenzo, Sorì Tildìn e Costa Russi, porque para utilizá-la, o vinho deveria ser composto totalmente de Nebbiolo. Angelo se opunha a isso porque queria acrescentar, como faziam seu pai e seu avô, um toque (4-5%) da variedade barbera, que havia sido proibida nos vinhos barbarescos desde os anos 1960.

Sorì significa "encosta com exposição ao sul", no dialeto piamontês.

São Lourenço *(San Lorenzo)* é o nome do santo **padroeiro** da cidade de Alba.

A capital das trufas italianas

SOLOS: mistura de areia, lodo e argila

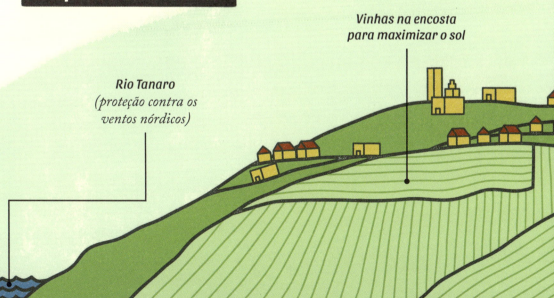

Vinhas na encosta para maximizar o sol

Rio Tanaro (proteção contra os ventos nórdicos)

CÔTE-RÔTIE, VALLÉE DU RHÔNE
E. GUIGAL

La Mouline

Tinto e branco fazem mágica

A alma da terra do Ródano

"Uma alma é medida de acordo com a dimensão do seu desejo".
Gustave Flaubert

Onde começa a história de um grande vinho?

Quando começa a alquimia de sol e tempo, terra e vento, além das centenas de elementos que devem ser combinados para criar essa inexplicável magia de sabor e desejo?

Qual é realmente o ponto de partida de uma aventura dessa magnitude?

A **Primeira Guerra Mundial** acontece e o caos de canhões, explosões e combate corpo a corpo ecoa no **VALE DO RÓDANO**, uma antiga terra de vinhedos transformada em **campo de batalha**. Nela, os jovens camponeses marcham lentamente, cheios de incerteza, bastante vulneráveis... e aterrorizados. Entre eles, um tímido adolescente de 14 anos leva comida para os soldados franceses. Uma tarde, quando o sol cobre todo o vale do Ródano, o jovem chega em sua **BICICLETA** a uma pequena vila. Ele para, desce e fica fascinado com o que vê diante de seus olhos: uma encosta íngreme e composta por terraços escalonados. Seu nome é **ETIENNE GUIGAL**, e naquele dia se somava aos seus **sonhos** o sonho da terra.

É possível que a gênese desse milagre que ocorreu naquela tarde no vale do Ródano possa ser encontrada muitos milhões de anos antes, durante a **COLISÃO COLOSSAL** entre o Maciço Central e os Alpes: a colisão de **cadeias montanhosa**s que modificou a forma do continente europeu e causou a entrada de uma enorme quantidade de água do Mar Mediterrâneo, no sul da França.

Então, há apenas 300 milhões de anos, a atividade vulcânica produziu pedras de granito na parte norte. E, ao sul, uma enorme quantidade de sedimentos calcários formaram a cadeia montanhosa conhecida como Dentelles de Montmirail.

Nessa cadeia, os terraços são vertiginosos, com quase 60° de inclinação e expostos aos raios do sol do Mediterrâneo. Devido a esta particularidade, afirma-se que esses terraços se **"assam"** ao sol. Essa é a **"Côte Rôtie"**.

As raízes das vinhas exploram as profundezas da terra para encontrar também, entre outros minerais, óxido de ferro. O vento sopra e seca as uvas, protegendo-as da podridão. O cultivo da videira é difícil naquelas encostas íngremes, mas a **recompensa** é grande...

Embora na região vizinha de Marselha houvesse vinhedos gregos do século IV antes de Cristo, o vale do Ródano teve que esperar até o **século I** de nossa era para que um audacioso se instalasse no lugar e construísse **terraços cultiváveis** contidos por pequenos muros de pedra.

Nunca saberemos o nome daquele homem que chegou com os romanos para se estabelecer ali. Mas naquele vale, a **casta Syrah** já estava esperando por ele há muito tempo.

Czares, reis e nobres começam a cobiçar os vinhos do Ródano, e os papas os seguem pouco depois, tanto em Roma quanto em Avignon.

Os **arquivos de Vidal-Fleury**, o mais antigo empreendedor de vinhos conhecido, testemunham isso. Conservam-se até hoje os documentos de compra de muitos personagens famosos, entre eles Thomas Jefferson, embaixador na França e terceiro presidente dos Estados Unidos.

"Há mais de 26 anos que visito vinhedos e me encontro com seus proprietários. E em nenhum lugar do mundo encontrei um produtor tão obcecado por qualidade como Marcel Guigal".

Robert Parker

Não demorou muito para que a lenda do vale do Ródano e seus vinhedos começasse a se consolidar com a história de um nobre, o senhor de Maugirón, que tinha uma filha **loira** e outra **morena**. À primeira lhe corresponderiam os vinhedos da "La Côte Blonde", no lado sul do vale, calcários e ricos em silício, que produzem vinhos mais suaves e elegantes. À morena seriam outorgados os vinhedos da parte norte, "La Côte Brune", bem nutridos com óxido de ferro e argila, para compor o sabor intenso de um vinho envelhecido.

O Guigal La Mouline nasce no sul, no lado "assado" (ou "Rôtie") pelo sol, a Côte Blonde.

★ La Mouline

Etienne Guigal e seu filho Marcel, com o Château d'Ampuis ao fundo

Por esse motivo é que ninguém jamais esquecerá o nome Guigal, porque aquele adolescente que distribuía comida para os soldados franceses durante a Primeira Guerra Mundial, depois de **trabalhar muito** por vinte anos nos vinhedos, **COMPROU**, em 1946, sua própria terra para dar início a uma lenda. No vale todos o viam como um homem perturbado que decidiu **revolucionar o processo inteiro de produção e comercialização** dos vinhedos. Tanto que construiu pequenas rotas para distribuir as garrafas pelo vale, transformou a vinificação e armazenou vinho em barris de carvalho por 42 meses, entre muitas outras mudanças.

Logo seu filho Marcel se juntou à revolução, desta vez com uma contribuição ainda mais transcendental do que seu paladar: seus **OLHOS**, porque Etienne, seu pai, ficaria cego em 1961.

Pai e filho tornaram-se um único motor que levou não só a eles, mas também a todas as propriedades locais, a uma escala de qualidade infinitamente superior.

Em poucos anos, eles alcançaram fama internacional que lhes permitiu construir uma verdadeira **VILA ROMANA** em sua propriedade, com átrio, fontes, estátuas e até mesmo um elevador para subir aos escritórios.

Em meados dos anos 1980, compraram a propriedade de Vidal-Fleury, onde o adolescente Etienne tinha dado seus primeiros passos no mundo do vinho.

Em 1995, adquiriram o famoso **Château d'Ampuis**, com suas vinhas de frente para o Ródano.

Em 2001, comprariam em Hermitage, em Saint-Joseph e em Crozes-Hermitage. Também o Domaine de Bonserine, em 2006. E a lista de **propriedades** não para de crescer.

No entanto, esta história não tem fim, porque se estende por milhões de anos e, de certa forma, ainda está perto do seu nascimento. **Ainda hoje o sonho da terra do Ródano esconde imensos segredos**.

A família Guigal ESTREIA NO MUNDO DOS VINHEDOS E DA PRODUÇÃO DE VINHOS **em 1946,** e em menos de meio século torna-se a principal propriedade do vale do Ródano. **ISSO É RARÍSSIMO** NO MUNDO VITIVINÍCOLA FRANCÊS, onde as tradições familiares são **centenárias** e, em alguns casos, até **milenárias.**

O vinhedo La Mouline foi plantado sobre uma encosta **muito inclinada** e em forma de **semicírculo**, assemelhando-se a **um anfiteatro romano.**

OS **3** VINHOS FAMOSOS DE GUIGAL SÃO *La Turque, La Mouline e La Landonne.* Eles são conhecidos como **Las tres La La's**

A FAMÍLIA GUIGAL, com Marcel e Philippe na liderança, *constrói seus próprios barris* para garantir que TODOS OS DETALHES DA PRODUÇÃO dos seus vinhos saiam exatamente como eles desejam.

DO TERROIR PARA A GARRAFA

O vinhedo está localizado na Côte Blonde da Côte Rôtie, na região do Ródano, na França.

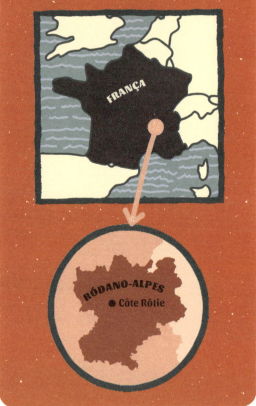

Variedades do blend

89 % SYRAH **11 %** VIOGNIER

A uva branca **Viognier** cofermenta com o **Syrah** e lhe dá complexidade aromática e suavidade. Acredita-se que La Mouline é um vinho feminino por esse motivo.

(*Vinho envelhecido por quatro anos em carvalho novo. Diz-se que o vinho é tão aromático e concentrado que mesmo depois de ficar por quatro anos em carvalho novo, a madeira não interfere.*)

Com a forma de um anfiteatro romano

EXTREMAMENTE ÍNGREME

O vinhedo mais antigo da Côte Rôtie

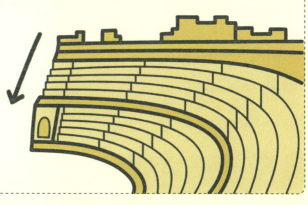

Algumas das paredes têm mais de **2400 anos** da antiguidade.

1,5 ha
propriedade inteira de Guigal
desde 1966

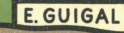

{ Idade média das videiras: *70 anos (e há videiras de 1890)* }

SOLOS:
gnaisse e granito com áreas de loess calcário

Adrianna Vineyard

O Grand Cru da América do Sul

Quando minha mãe estava grávida, ela leu as histórias do imperador Adriano contadas por Marguerite Yourcenar. Inspirada nessas histórias, ela decidiu dar o nome de Adrianna à minha irmã.

Além disso, o nome é uma homenagem ao mar Adriático, de onde partiu nosso bisavô Nicola em direção ao Novo Mundo, levando consigo um grande sonho.

A magia da altura

"Construir é colaborar com a terra, é deixar uma marca, humanizar uma paisagem que será modificada para sempre".
Memórias de Adriano, *Marguerite Yourcenar*

Nicolás Catena Zapata cresceu em La Libertad, uma pequena cidade rural. Ali trabalhava na vinha **com seu pai e seu avô** e estudava na escola local onde sua mãe **ANGÉLICA ZAPATA** era diretora. O sonho de Nicolás era estudar Física nos Estados Unidos. Sua mãe, Angélica, que o via inclinado à vida intelectual, compartilhava esse anseio com ele e ambos aspiravam a um destino improvável para um jovem do campo: ganhar um **PRÊMIO NOBEL**.

Com apenas 18 anos, um trágico acidente lhe tirou sua mãe e seu avô Nicola, e também o desejo de uma vida acadêmica no exterior. Sentindo-se <u>responsável</u> por ajudar seu pai, mergulhado em um abismo de dor, decidiu ficar na Argentina. Nicolás graduou-se **doutor em Economia** e tomou as rédeas da Catena Zapata, a vinícola familiar.

Em 2012, aquele destino marcado pela perda coroou Nicolás Catena Zapata, meu pai, com o último de uma série de prêmios que fariam dele o mais <u>famoso vinicultor</u> do **hemisfério sul**...

Em um salão de Los Angeles lhe entregaram o Distinguished Service Award da revista *Wine Spectator* (ironicamente, o equivalente ao Nobel do vinho). Em seu discurso de agradecimento, Nicolás enfatizou que todas as suas conquistas se deram graças ao **terroir de Mendoza**, aquela terra de oportunidades na qual meu bisavô italiano, Nicola Catena, havia chegado em 1902.

Embora em nossa família atribuímos imenso valor ao trabalho e aos estudos, meu pai acredita na **sorte** acima de todas as coisas. Quando penso na maneira como nos deparamos com o **VINHEDO ADRIANNA**, bem no alto da montanha, distante e aparentemente hostil ao cultivo de uvas, começo a concordar com ele.

Nicolás Catena Zapata foi levado a acreditar que os únicos grandes vinhos vinham da França. Mas no início dos anos 1980, depois de ouvir sobre o triunfo épico dos vinhos californianos sobre os clássicos franceses no Judgement of Paris, começou a questionar-se: por que não tentar elaborar um GRAND CRU NA ARGENTINA?

Para o filho de Angélica Zapata, o desafio era irresistível e, em seu anseio, Nicolás passou 10 intensos anos estudando o terroir de Mendoza – especialmente o clima de alta altitude e o **Malbec** – e viajando pelo mundo para aprender com os melhores produtores e vinhedos. Em Bordeaux, conheceu um francês que lhe disse, depois de degustar um Cabernet Sauvignon da região tradicional de Mendoza, que lhe lembrava um vinho de área quente e que não teria nenhum potencial de envelhecimento.

Esse doloroso momento nada mais fez que inspirá-lo, e foi assim que Nicolás se lançou em direção à montanha em busca do limite extremo para o cultivo da videira. Encontrou, a 1500 metros de altura, **um lugar tão frio e árido** que até mesmo seu viticultor o advertiu de que a videira nunca amadureceria ali, que ele estava louco. Neste mesmo lugar hoje se encontra o vinhedo Adrianna.

Eu não imagino um nome mais adequado para o vinhedo do que Adrianna, para representar a sorte que **NOSSA FAMÍLIA** teve quando encontrou essas terras. Minha irmã mais nova, Adrianna, acompanhou meu pai naqueles primeiros anos de incerteza, quando sonhava em criar um Grand Cru sul-americano, mas temia jamais conseguir.

O nome Adrianna é inspirado nas leituras de minha mãe Elena, enquanto estava grávida, sobre as histórias do **imperador Adriano**, escritas por Marguerite Yourcenar. Esse nome também homenageia o **mar Adriático**, de onde nosso bisavô Nicola partiu para o Novo Mundo com um grande sonho na bagagem.

Desde o início, o vinhedo Adrianna deu uvas e vinhos da mais altíssima qualidade, mas a inclinação excêntrica, os riscos de geada e os solos pobres, calcários e pedregosos dificultavam o cultivo.

Um dia, do alto do **CERRO PRIETO** (batizado em homenagem ao responsável pela sua plantação) comentei com o engenheiro agrônomo que me acompanhava que as videiras pareciam muito irregulares. Ele respondeu sem hesitação que deveríamos arrancar as plantas com uma escavadeira, misturar o solo e replantar.

★ **Adrianna Vineyard**

"As palavras não fazem justiça a esta beleza".

Luis Gutiérrez sobre Adrianna Vineyard

Superada a primeira raiva que essas palavras provocaram, percebi que os grandes vinhedos que havia visitado na Borgonha se caracterizavam pela **diversidade de solos e inclinações**. Comecei a estudar com devoção cada fileira do vinhedo Adrianna. Não somente cada fileira, mas cada planta, cada pedra e cada detalhe do clima e do solo.

Descobri que Adrianna jazia no leito de um rio seco que com o passar dos anos havia se movido por atividades vulcânicas, sísmicas e eólicas até criar **incontáveis lotes**, ricos em diversidade. Vinificando as uvas de cada pequeno pedaço de terra separadamente, foi quando encontramos ouro. Aquilo que ninguém esperava encontrar naquele **SOLO ESTÉRIL**, abençoado pelo acaso.

No centro do vinhedo Adrianna existe um lote único por sua **riqueza microbiana**, na qual abundam rizobactérias e micorrizas que ajudam as plantas a absorverem nutrientes e a se adaptarem perfeitamente ao seu lar. É por isso que chamamos o vinho que vem desse lote de Mundus Bacillus Terrae ou Elegantes Micróbios da Terra. Estas plantas são uma seleção pré-filoxérica do **vinhedo Angélica**, que já tem mais de 90 anos.

Vinhos de 100 PONTOS do Adrianna Vineyard

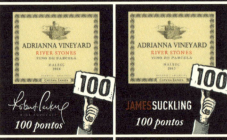

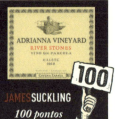

Em 1995,
o Catena Institute of Wine realizou a primeira seleção de plantas **de Malbec argentino** *de um vinhedo pertencente à família* DE VIDEIRAS DE 80 ANOS.

CATENA ZAPATA foi nomeada *a marca de Vinhos mais admirada do Mundo em 2020* por Drinks International.

EM 1999
NICOLÁS CATENA ZAPATA se associa a DOMAINES BARONS DE ROTHSCHILD (LAFITE) *para elaborar um vinho em Mendoza.* Decidem dar-lhe o nome de

CARO,
CA, por Catena, e RO, por Rothschild.

Nicolás Catena Zapata ganhou os prêmios *Decanter Man of the Year 2009,* DER FEINSCHMECKER, Wine Enthusiast e *Wine Spectator.*

Dizem que o Malbec já era
conhecida na época do
Império Romano
há mais de
2000 anos.

FOI FAMOSO
na Idade Média
em que, segundo dizem,
**ELEANORA
DE AQUITANIA**
o tomava em sua
Corte do Amor

**A HISTÓRIA
DO MALBEC
ARGENTINO**

Em 1855
40-60 %
DOS VINHOS
Grand Cru classes
eram compostos por
malbec.

FOI CULTIVADO
PELA PRIMEIRA VEZ
En **1852**
NA ARGENTINA,
onde se propaga como
"a uva francesa".

O **Malbec** é uma casta delicada,
que é colhida tarde,
MUITO SUSCETÍVEL AO FRIO
E À FALTA DE SOL.
É por isso que se adapta tão bem ao
clima seco e ensolarado
de Mendoza.

Após a
**EPIDEMIA FILOXÉRICA
nos anos 1970
do século XIX**
que <u>devastou</u> os vinhedos
de toda a Europa,
o Malbec praticamente
desapareceu da França.
Foi em grande parte substituído
**por cabernet sauvignon
e merlot.**

**Em 1990
ele experimentou
seu renascimento na
Argentina**
COMEÇANDO COM OS VINHOS DE
Nicolás Catena Zapata.

O Catena Institute of Wine
**fez uma primeira seleção
massal e clonal**
do Malbec argentino
em 1995.
Esta seleção massal de
135 PLANTAS
ESTÁ EM TODOS OS VINHEDOS
da família Catena.

DO TERROIR PARA A GARRAFA

O vinhedo está localizado em Gualtallary, no Vale do Uco, na província de Mendoza, Argentina.

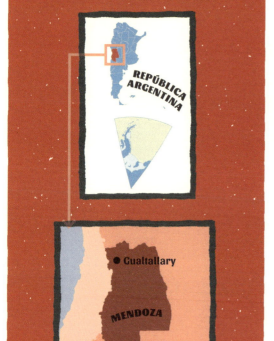

O edifício da vinícola tem uma forma piramidal em homenagem ao terroir mendocino, único no mundo. As reminiscências maias lembram essa grande civilização da América que aspirava, como Catena Zapata, ao ponto mais alto.

Apenas uma variedade

100 %
MALBEC

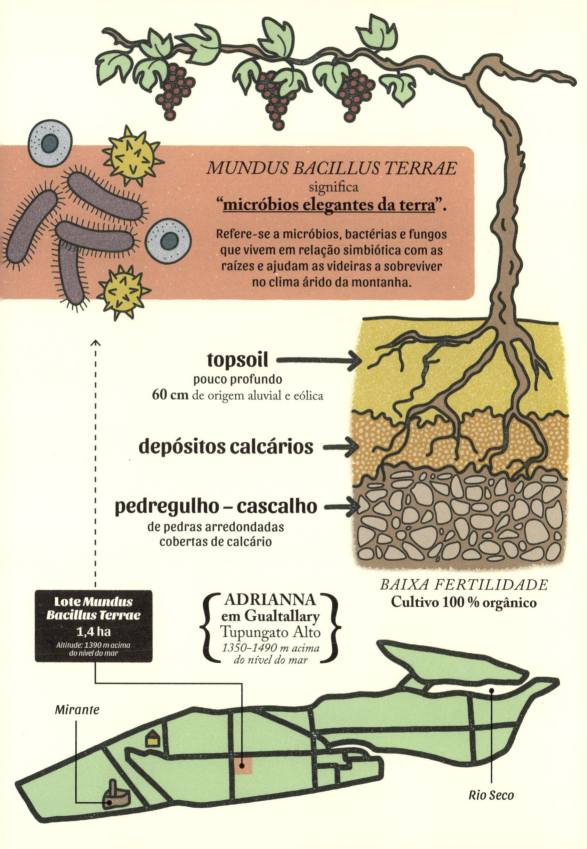

★ BIOGRAFIA ★
de Laura Catena

A Oprah Magazine a incluiu entre as mulheres líderes no mundo do vinho. Seu trabalho também foi destaque nas principais revistas e jornais de todo o mundo e da Argentina, como o New York Times, o Wall Street Journal, a Food & Wine Magazine, o La Nación, a Decanter, e em um artigo de 1843 Magazine na revista The Economist, intitulado "Argentine Wine's Premier Crew".

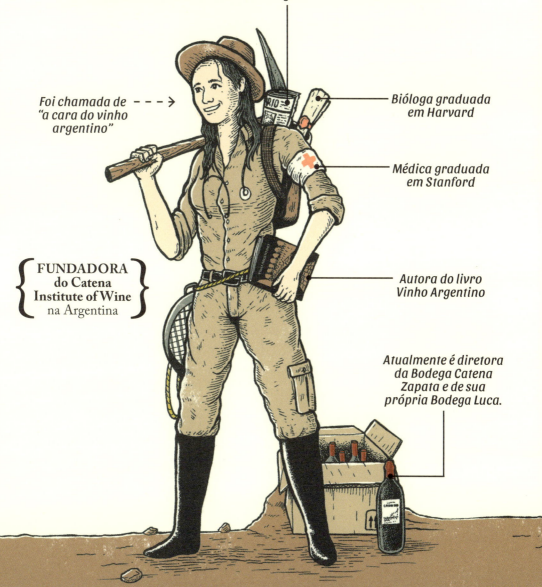

Foi chamada de "a cara do vinho argentino"

Bióloga graduada em Harvard

Médica graduada em Stanford

{ **FUNDADORA** do Catena Institute of Wine na Argentina }

Autora do livro Vinho Argentino

Atualmente é diretora da Bodega Catena Zapata e de sua própria Bodega Luca.

Ouro nos vinhedos
Laura Catena

R. Adib Auada, 35 Sala 310 Bloco C
Bairro: Granja Viana - CEP: 06710-700 – Cotia – São Paulo.
e-mail: infobr@catapulta.net
web: www.catapulta.net

Ideia e autoria: Laura Catena

Equipe de trabalho:
Edição geral: Victoria Blanco
Colaboração de edição: Agostina Martínez Márquez
Ilustrações da capa e do interior: Fernando Adorneti (Caveman)
Capa, diagramação e infográficos: Pablo Ayala
Diagramação: Cynthia Orensztajn
Redator: Juan Pablo Domenech
Revisão de texto: Carolina Caires Coelho
Coordenação: Marcela Savio

Tradução: Fabiana Teixeira Lima

Primeira edição. Primeira reimpressão.

ISBN 978-85-92689-65-0

Impresso na China em outubro de 2021.

Catena, Laura
  Ouro nos vinhedos / Laura Catena ; [Editores da Catapulta ; organização Victoria Blanco ; ilustração Pablo Caveman ; tradução Fernanda Lima].-- Cotia, SP : Catapulta, 2019.

  Título original: Oro en los viñedos.
  ISBN 978-85-92689-65-0

  1. Livros ilustrados 2. Vinhedos 3. Vinho - História 4. Vinho e vinificação - História 5. viticultura I. Blanco, Victoria. II. Caveman, Pablo. III. Título.

19-26859   CDD-641.2209

Índices para catálogo sistemático:
1. Vinhos : Bebidas : História 641.2209
Iolanda Rodrigues Biode - Bibliotecária - CRB-8/10014

© 2017, Catapulta Children Entertainment S. A.
© 2017, Laura Catena

Livro de edição brasileira.

Nenhuma parte desta obra poderá ser reproduzida, copiada, transcrita ou mesmo transmitida por meios eletrônicos ou gravações sem a permissão, por escrito do editor. Os infratores estarão sujeitos às penas previstas na Lei nº 9.610/98.

Créditos:
p. 31: The Yorck Project: 10.000 Meisterwerke der Malerei. DVD-ROM, 2002. ISBN 3936122202. Distributed by DIRECTMEDIA Publishing GmbH.
p. 41: Bibliothèque nationale de France
p. 47: Bureau of Engraving and Printing: U.S. Department of the Treasury
p. 51: John Yesberg
p. 70: This image is available from the United States Library of Congress's Prints and Photographs division under the digital ID cph.3c23257
p. 76: http://www.usmint.gov/about_the_mint/coinLibrary/#sb1549
p. 84: en.wikipedia.org/wiki/Web_Gallery_of_Art
p. 84: vintagegraphics.ohsonifty.com
p. 93: Wikipedia User: User:Wilson44691 / Mark A. Wilson
p. 97: thegraphicsfairy.com
p. 107: Weingut J.J. Prüm
p.125: vintagegraphics.ohsonifty.com
p. 137: Lisa Perrotti Brown
p. 145: Autor: Spinello Aretino
p. 174: thegraphicsfairy.com